Anonymous

Zubereitung zu einem glückseligen Tod

Anonymous

Zubereitung zu einem glückseligen Tod

ISBN/EAN: 9783744609043

Hergestellt in Europa, USA, Kanada, Australien, Japan

Cover: Foto ©Andreas Hilbeck / pixelio.de

Weitere Bücher finden Sie auf **www.hansebooks.com**

Zubereitung
zu einem
Glückseligen Tod,

Auf Ihro K. K. Apost. Majest.
allergrädigste Verordnung.

WIEN,
gedruckt bey Joh. Thomas Trattnern,
K. K. Hof- und N. De. Landschaftsbuch-
druckern und Buchhändlern,
1 7 6 1.

Wie viel es daran gelegen iſt, ſich zum Tode vorzubereiten.

Man kann ſagen, daß unter allen Uebungen der Gottſeligkeit keine
nothwendiger ſeye, als dieſe. Nicht je-
dermann iſt im Stande zu faſten; die
Einſamkeit, ſtrenge Lebensart, gewiſſe
Uebungen der Tugend ſchicken ſich nicht
für alle Gattungen von Leuten; aber iſt
wohl jemand geweſen, was Alters
und Standes er auch ſeye, und in was
für einer Lebensart er ſich befindet, der
ſich billiger Weiſe entziehen könne, ſich
zum Tode zuzubereiten?

Nichts iſt für uns von größerer
Wichtigkeit, als wohl zu ſterben; aber zugleich iſt nichts ſchwerer, nichts unerſetz-

licher, als der Tod, wenn er unglücklich gewesen. Es ist in diesem Leben kein Unglück darinnen man sich nicht helfen könne; nur allein dem, der in der Sünde stirbt, ist nicht zu helfen. Haben wir nun wohl etwas, woran wir mit mehreren Fleiß arbeiten sollen, als eines seligen Todes zu sterben?

Diese Sorg bis auf eine Zeit zu verschieben, da man mehr zu Jahren gekommen, ist so viel als eine gar ungewisse Zeit erwarten. Das heist gar zu viel wagen in einer Sache von der grösten Wichtigkeit; es aufschieben bis auf die letzte Krankheit, ist eine Zeit, die gar zu kurz für etwas, das so lange und genaue Untersuchung brauchet. Es ist eine Zeit, die zu verwirret ist, einen so wichtigen Handel auszumachen; man muß damit eher zu Werk gehen, und würde es zu bald seyn wenn wir von diesem Augenblick anfiengen? Ach wie viele schleunige Todfälle tragen sich nicht in der Welt zu, die einem kaum so viele Zeit lassen, daß man die trostlose Wort sprechen kann: es ist keine Zeit mehr übrig. So lasset uns denn, weil wir

die-

diese so kostbare Zeit noch in Händen
haben, uns derselben also bedienen,
daß wir uns während solcher Zeit zu den
Stand bereiten, in welchen wir uns
ohne End befinden werden.

Auf was Weise man sich zum Tode bereiten soll?

Die allgemeinste Art, und zugleich
die nothwendigste, sich zuzubereiten wohl zu sterben, ist diese, daß man
wohl lebe; denn man muß anfangen,
sich zu bereiten, wohl zu sterben, so
bald man anfangen kann wohl zu leben;
und das Leben eines Christen soll, eigentlich zu reden, eine beständige Zubereitung zum Tode seyn. Du förchtest
plözlich zu sterben, aber was nutzet dir
diese Forcht, wenn du alles hierzu thust,
unversehenen Todes dahin zu sterben?
Dein Tod kann und wird kein anderer
seyn, da du dich nicht ehe bereitest, wohl
zu sterben, als wenn du schon bereit
seyn solltest; du magst auch noch so hei-

lig

ltg gelebt haben, so hast du doch allezeit
zu förchten, du könntest noch übel sterben; und wie kannst du dir denn schmei-
cheln, daß, da du Sünden mit Sünden
häufest, lau, nachläßig lebest, wohl
sterben, und in ein oder zwey Tagen alle Uebertretungen deines Lebens wieder
gut machen werdest? da in dessen die
grösten Heiligen geglaubet haben, in der
Stund des Todes nicht ohne Gefahr zu
seyn? du hoffest meine Seele! du werdest,
um dich zu jener weiten Reise in die
Ewigkeit zu bereiten, noch Zeit haben;
das ist, du wartest auf eine Zeit, die
du vielleicht nicht haben wirst, wie es
denen meisten ergehet, eine Zeit, da es
nicht mehr Zeit seyn wird; in Wahrheit, es ist etwas seltenes, daß auf ein
from- und christliches Leben ein unseli-
ger Tod folge; aber es ist noch viel sel-
tener, daß ein lau- und sündhaftes Leben ein guter Tod beschließe.

Eine besondere Art sich zum Tode
zuzubereiten, von welcher ich in Gegenwart handle, ist: daß du dir alle Monat
einen Tag bestimmest, in welchen du
dich mehr der Einsamkeit befleißest, auch
von

von erlaubten ergötzlichkeiten dich enthaltest, unter die Arme und Bedürftige einige Almosen austheilest, um dich in die Verfaßung zu setzen, in welcher du gerne in der Stund des Tods stehen wolltest. Ich fordere von dir, daß du jedes Monat nur einen Tag anwenden sollest, zu dem aller wichtigsten unter allen Geschäften des Lebens, an welchen du vor allen andern zu arbeiten hast, und von dessen guten oder schlechten Fortgang dein ewiges Glück oder Unglück abhanget; ich fordere nur einen Tag zur Einsamkeit auf jedes Monat, das ist: nachdem du alle Tag des Monats für die Zeit gearbeitet, so sollst du auch einen Tag desselben für die Ewigkeit arbeiten. Ach du verlierest so viele Tage mit spielen, mit eiteln Lustbarkeiten, mit nichtswürdigen Zeitvertreib, mit schlechten Kleinigkeiten; ich verlange nur einen Tag mit Ernst an deiner Seligkeit zu arbeiten; kannst du solches wohl abschlagen; Wenn du die Weise wie die Täge in solcher Einsamkeit zuzubringen, wirst untersuchet haben, so wird dir solches so leicht scheinen, daß du dich dessen nicht wirst entschla-

A 4

gen

gen können. Wie nützlich eine solche
christliche Uebung sey, ist leicht zu begrei=
fen; mir scheinet es unmöglich zu seyn,
in der Unordnung zu leben, wenn man
sich die Mühe giebt alle Monat einen
Tag zu nehmen, sein Leben ordentlich
einzurichten: und man kann von dem
Tode nicht übereilet werden, wenn man
sich so beständig zubereitet, wohl zu
sterben.

Diese Andacht ist nicht heute erst
aufgekommen, sondern die größte Heilige
haben sich derselben, zu allen Zeiten
fleißig bedienet, und ich selbst habe eini=
ge Fromme sterben gesehen, welche mich
versichert, daß sie ihren vergnügten und
angenehmen Tod dieser gottseligen Ue=
bung allein zu danken hätten. Du darfst
um dieser abzuwarten deine Kräften nicht
zu viel unterbrechen, und dich der Pflich=
ten deines Standes nicht entschlagen.
In jedem Monate sind vier Sonn= und
einige Feyertäge, wähle unter allen Tä=
gen des Monats denjenigen, woran du
am wenigsten zu thun hast. Es braucht
weiter nichts, als dich nur einen Tag
einer Lustbarkeit, eines nicht gar nöthi=
gen

gen Besuchs, eines Schauspiels, und
dergleichen nicht ernstlichen Beschäftigun-
gen zu entziehen, damit du desto mehr Zeit
habest an GOtt und die Ewigkeit zu gedenken. Wirst du dir wohl so feind
seyn, daß du nicht einen Tag im Monat
zu so wichtigen Bemühungen hergeben
sollest? Die Seligkeit müste wenig werth
seyn, wenn sie nicht verdiente, daß du
ein so kräftiges und leichtes Mittel zum
wenigsten probirest. Der Teufel, der
ein abgesagter Feind deiner Seligkeit ist,
und der vollkommen einsieht, wie vor-
theilhaft diese Andacht sey, wird nichts
unterlassen dich davon abzuhalten er
wird nicht ermanglen dir tausend kleine
Schwierigkeiten in dem Wege zu legen,
aber eine großmüthige Entschließung, für
das wichtigste Geschäft deiner Seele zu
sorgen, wird dergleichen nichtige Vor-
wendungen verschwinden machen. Verlangest du zu wissen, wie du solchen Tag
christlich und nützlich zubringen sollest,
so lese folgenden Unterricht:

So bald du an dem, zu dieser Andacht bestimmten Tage erwachest, so sage
GOtt Dank, daß Er dir noch Zeit und

A 5   den

den Gedanken gegeben hat, dich zum
Tode zuzubereiten, und bitte Ihn, dir,
durch seine Gnade, in allen Uebungen
dieses Tages beyzustehn, den du als den
letzten deines Lebens ansehen, und also
zubringen sollest, wie du den letzten dei
nes Lebens wünschen würdest zugebracht
zu haben. Wirf dich vor deinem gekreu=
zigten JEsu auf die Knice, opfere GOtt
deine Güter, deine Gesundheit, deine Kin=
der, all das Deinige auf: betheure für
deinen letzten Augenblick, daß du ster=
ben wollest im Geist der Buße, zur
Strafe deiner Sünden ; im Geist des
Gehorsams als ein Schlachtopfer, zur
Bekanntnuß seiner obersten Gewalt und
Beherrschung : im Geist des Verlangens,
deinen GOtt nimmermehr zu beleidigen
und im Geist der Liebe, ihn ewig zu
lieben, und mit ihm unzertrennlich vereiniget zu werden.

Du sollst an diesem Tage so beichten,
als wenn du eben sterben solltest, so daß
du nichts vergist, nichts verbirgst. Der
Beichtvater muß in deiner Seele alles
sehen, was du, was GOtt darinnen
sieht, und was Er einmal der ganzen
Welt

Welt zeigen wird, wenn du nicht dieser
erschröcklichen Offenbahrung deines Gewissens, durch eine wahrhafte, auch demüthige, und vollkommene Zerknirschung
zuvor kommest; wenn noch Gewissens-
ängsten, und wohlgegründte Zweifel wegen des vergangenen Lebens bey dir übrig
sind, so lege eine allgemeine Beicht ab,
mit aller möglichen Sorgfalt und Schär-
fe. Suche dir einen eifrigen Beichtvater, der den Aussatz von einem geringe-
ren Uebel unterscheidet, Wein und Oel
auf deine Wunden gießet, und selbe also
heilet. Keine Zeit schicket sich weniger
zu einer Handlung von dieser Wichtigkeit,
als die Zeit der letzten Krankheit; nichts
ist unvernünftiger, als eine Beicht des
ganzen Lebens auf die letzte Zeit verschieben. Ist das Gewissen aber einmal in
Ordnung gebracht, so ist es genug, an
einem unter diesen zwölf Tagen eine jähr-
liche Beicht zu thun. Die Sünden,
worüber du dich sorgfältigst befragen
mußt, sind die Wiedererstattung fremden
Guts, welches du in Spielen, im Kauf-
und Verkaufen ungerechter Weise an dich
gebracht; die Herstellung der Ehre und
des

des guten Namens deines Nächsten,
so du durch üble Nachreden, durch Ent-
deckung seiner verborgenen Fehler verletzet; die böse Beyspiele die du durch deine freye, zweydeutige Gespräche, durch
deinen unverschämten Kleiderpracht,
durch deine unterhaltene Freundschaften,
der Welt gegeben hast; die Lauigkeit,
worinnen du gelebet; ob du nicht wegen
der immerwährenden Zerstreuungen des
Geistes, wegen der Eitelkeiten, und
Geschäften dieser Welt, dir fast niemals
eine Zeit nimmst, an dich selbsten und
den Stand deines eigenen Gewissens ernst-
lich zu gedenken: die Feindschaften, und
der heimliche Widerwillen, den du gegen
deine Befreundte, und Untergebene in deinem Herzen herum tragest; die Pflichten
deines Standes. Machet nicht etwann
der Abscheu vor der Arbeit, und die
Liebe zur Bequemlichkeit, daß du selbe
mit Verdruß, und Unlust erfüllest, oder
wegen eines leeren und unnützen Vor-
wandes ganz unterlassest; ist nicht deine
Ungeduld, dein Eigensinn, deine Frey-
heit, deine gar zu große Eitelkeit die
Ursache vieler Zwist- und Uneinigkeiten;

Trägst

Trägst du Sorge für deine Kinder, damit selbe nicht in Unwissenheit des Glaubens, und der Sittenlehre aufwachsen? Gebrauchest du Sanftmuth und Liebe gegen diejenige, die dich bedienen? Der Gebrauch der Heil. Sacramenten: bist du nicht aus der Zahl derenjenigen, welche es für eine Ehrerbietigkeit ausgeben, daß sie sich derselben selten theilhaftig machen? Unter diesem Deckmantel aber ihre Faul- und Nachläßigkeit, sich darzu bereit zu machen, oder aber ihre Boßheit verhüllen, weil sie von Sünden nicht abstehen, die Gelegenheiten nicht vermeiden, das Band, welches sie an andern Geschöpfen wider ihre Treue vest gebunden haltet, nicht zerreißen wollen? Hat nicht der Mangel der wahren Reu, des brünstigen Vorsatzes, oder der Aufrichtigkeit in der Erkanntnuß viele deiner Beichten unfruchtbar gemacht? Bist du mit reinem Gewissen, mit tiefer Demuth, mit heftiger Begierde, mit lebhaftem Glauben, mit steifer Hofnung, und mit inbrünstiger Liebe bey dem Tisch des Herrn erschienen? wie hast du jene Augenblicke, in welchen dein GOtt in dir, und du bey Ihm dich

bi-

befindeſt, angewendet? Haſt du dich we-
nigſtens dieſen Tag in mehrerer Verſam-
lung erhalten? Die gar zu große Liebe zu Luſtbarkeiten; deine Weich- und
Sinnlichkeit, die unordentliche Sorgfalt
für deine Geſtalt, deinen Leib; der üble
Gebrauch der Zeit und der Gnadenmit-
teln; Deine Eitelkeit, deine Pracht, welche alle deine Einkünften verſchlucket,
und denen Armen jenes entziehet, was
du unter ſelbe auszutheilen verbunden
biſt. Ueber alles dieſes haſt du dein Gewiſ-
ſen wohl zu befragen, und auch, wenn
du deine Fehltritt erkennet haſt, ſelbe ſo
vollkommen, ſo eifrig zu bereuen, als du
es auf deinem Sterbbett zu thun verlan-
geſt: nebſt deinen gewöhnlichen Gebetern
kannſt du die ſieben Bußpſalmen beten,
durch welche dein Herz mehr gerühret werden wird. Deine Beicht muß alsdenn
aufrichtig, deutlich, demüthig, und alſo
geſchehen, alswenn dieſe die letzte deines
Lebens wäre; keinen Umſtand muſt du
verhelen, in Anſehung deſſen deine Sünden ſchwerer gemacht werden können.
Zweifelhafte Sünden muſt du bekennen,
als ſeyeſt du davon gewiß. Die Lehren,
ſo

so dir der Beichtvater giebt, sollest du
sehr aufmerksam annehmen, und der Bu=
ße dich demüthig unterwerfen; und da er
dir die Lossprechung ertheilet, must du
mit geneigten Haupte solche empfangen,
und wiederum eine schmerzhafte Reu über
deine Sünden erwecken; das Gebet aber
welches er nach selber verrichtet, sollst
du mit ihm folgender maaßen beten.
Das Leiden unsers HErn JEsu Christi, die
Verdiensten der gebenedeyten Jungfrau Mariä,
und aller Heiligen, das Gebet der Kirchen unserer Mütter, die guten Werke, so ich mit der
Gnad GOttes verrichten werde, und das Leiden,
das mich betreffen wird, werden mir die Ver=
gebung meiner Sünden, die Vermehrung der
Gnad, und den Lohn des ewigen Lebens erwerben.

Nachdem du also deine Seele gerei=
niget, bereite dich mit allem Eifer und
Andacht, deinen GOtt zu empfangen.
Du must diese heilige Communion anse=
hen, als wenn du die letzte Wegzehrung
empfangest. Man ist in Krankheit nicht
im Stande, was großes zu thun; die
Schmerzen, mit welchen man umgeben
ist,

ift, machen uns niedergeschlagen, voll
Schrecken, und Unruhe; man findet sich
oft nicht fähig die Anmuthungen der Liebe, des Glaubens, der Demuth auszuüben; also kannst du solches an diesem
Tage ersetzen, und mit solcher Vestfas-
sung deinen GOtt genießen, wie du auf
dem Sterbbett ihn zu empfangen verlangest; erneure in dir die gemachte Neu,
bereftige den genommenen Vorsatz, erwecke eine zarte Liebe, ein innbrünstiges Verlangen nach deinem GOtt und nachdem du
mit wahrem Eifer deine Gebeter verrichtet,
nähere dich mit demüthiger Ehrerbietigkeit
in diesem Gedanken zu dem Altar: als ob du
anietzo die letzte Wegzehrung empfangen
sollest. Bilde dir demnach ein, als ob
der Priester zu dir sagte, indem er
dich communiciret; nimm hin, mein
(Bruder) (Schwester) den Leib und
das Blut JEsu Christi, unsers HErn,
zu einen Zehrpfennig auf die Reise, welche du anietzo aus diesem Leben in das
andere thun sollst; dieser beschütze dich
wider den bösen Feind, und führe dich in das
ewige Leben, Amen. Nachdeme du in
solcher Vorstellung deinen GOtt empfangen,

gen, danke Ihm für diese ausnehmende
Gnade, trage Ihm deine Seel und
Leibs = Angelegenheiten mit Vertrauen
vor; bitte Ihn, daß Er deinen Leib und
Herz, so er sich zu einer Wohnung erkoh=
ren hat, in stäter Reinig= und Heiligkeit
erhalte, daß Er dich mit seinem heiligen
Leib nähren, damit du daraus die Stär=
ke erlangest, der du benöthiget bist, den
Weeg, den du noch zu laufen hast, gut
und heilig zu vollbringen, und dich auch
an dem Ende deines Lebens sein heiligstes
Fleisch und Blut genießen lasse; auf daß
du in seiner Gnad von hinnen scheidest,
und zu den ewigen Leben gelangest. Hast
du nun deine Danksagung mit Eifer ge=
macht, und die gewöhnliche Gebeter vol=
lendet, alsdenn wohne noch einer Meße
mit Gedanken der Ehrerbietung, der
Liebe, und des Vertrauens bey, wel=
ches ein lebendiger Glaube eingiebt, und
gedenke an diejenige, welche man dir an
dem Tag deines Todes halten wird;
unter selbe bete die Tagzeiten für die
Abgestorbene; oder die Meßgebeter, wel=
che die Kirch für die Tode zu lesen gebie=
tet.

B   Von

Von der Kirche kehre gerechtfertiget nach Haus: bevor du aber mit zeitlichen Sorgen dich beschäftigest, lese die Betrachtung, die du am Ende dieses Buchs antreffen wirst. Lese sie aber mit Aufmerksamkeit; bleibe bey allen still stehen, was dich vornemlich betrift; frage dich selbsten, ob das, was du betrachtest, ob das, was du lesest, wahr ist und ob du bis anhero demjenigen gemäß gelebet hast, was du gelesen? Wie du inskünftige diesen Wahrheiten nachleben werdest. Du must dich mit dem nicht begnügen, daß du schöne und eifrige Entschließungen dein Leben zu bessern machest; diese, so aufrichtig sie auch scheinen, werden gewiß ohne Nutzen seyn, wenn du nicht gleich sichere und kräftige Mittel zur Hand nimmst das auszuüben, was du dir vorgenommen hast, und wenn du nicht Stuck für Stuck dasjenige erwegest, was du thun oder vermeiden must, um heilig in deinem Stande zu leben. Es ist eine vortrefliche Uebung, wenn du dir jedesmal, da du dich zum Tode bereitest, einen besondern Fehler zu bessern, und eine Tugend auszuüben vornimmst, und dich hierüber mit deinem Seelsorger aufrichtig unterredest.   Unter

Unter denen zeitlichen Geschäften, zu welchen dich dein Stand und Amt verbindet, erhebe öfters dein Gemüth zu GOtt, und trachte durch eine gute Meinung alle deine Werk heilig, und des ewigen Lohns würdig zu machen; vor oder nach der Tafel verrichte dein sonst gewöhnlich-mündliches Gebet; gegen den Abend aber gehe in die Kirche, worinnen du sollest begraben werden; sage zu dir selbst: siehe, das ist mein Hauß, mein Zimmer bis auf den großen Tag des HErrn: in dieses Grab wird man mich nach meinem Tode bringen, aus demselben werde ich hervor gehen, um zu erscheinen vor dem Richterstuhl der göttlichen Gerechtigkeit. Was ist noch übrig von meinen Vorfahrern, von meinen Eltern, von meinen nächsten Anverwandten, die auch da begraben liegen, als ein wenig Asche? Siehe, das ist die Wohnung, darinnen ich bleiben werde; das Haus, worinnen ich anjezo wohne, habe ich nur auf wenig Tage. Bete alsdenn einige Gebeter aus diesem Buch, welche du dir auf jedes Monat eintheilen kannst, allzeit aber die, welche die Kirchen für Sterbende und Tode zu verrichten pfleget, und auch

viel-

vielleicht gar bald für dich verrichten
wird.

Du kannst an diesem Tage einige
Kranke oder Sterbende besuchen, in der
Absicht, sie nicht allein zu trösten, sondern dir auch desto empfindlicher das Bild
dessen vor Augen zu stellen, was du einmal seyn wirst. Der Tag, an welchem
du dich zum Tode bereitest, soll mit Still-
schweigen zugebracht werden, so viel es
der Stand, warinnen du lebst, zulasset;
auch mit einer großen innerlichen Ver-
sammlung; dieses verbindet dich je-
dennoch nicht, dich der gewöhnlichen Ergötzlichkeiten, und noch viel weniger anderer Pflichten deines Standes zu entschlagen; bey öffentlichen Lustspielen aber,
und Zusammenkünften sollst du nicht erscheinen. Hast du mehrere Zeit, so kannst
du dich der Einsamkeit des P. Croiset
gebrauchen, und jene Betrachtung lesen,
welche auf selbiges Monat ausgezeichnet ist.
Die Frucht dieser so christlichen Uebung
wird seyn, daß du dich völlig von allen
deine los machest, was dir am Ende deines Lebens mit Gewalt wird entrissen
werden; ingleichen der Abscheu vor der
Sünd,

Sünd, die Besserung der Sitten, eine
ordentliche Einrichtung des Lebens, und
ein kräftiges Verlangen, durch Aus-
übung guter Werke, und aller Tugenden, viele Verdienste zu machen.

Nach dem Abendessen sollst du sorg-
fältig dein Gewissen über den ganzen Tag
durchsuchen, das Begangene schmerzlich
bereuen, GOtt für die empfangene Gnaden danken, demselben alle gute Entschließungen, die du gemacht hast, vor-
stellen, Mariam als deine Mittlerin,
und die sonderbare Schutzfrau der
Sterbenden um ihren Beystand jetzt und
in der Stund deines Absterbens bitten,
und endlich mit zartester Anmuthung die
Gebeter sprechen, mit welchen unsere
liebe Mutter die catholische Kirche die
Seele der Sterbenden dem allmächtigen
GOtt zu befehlen pfleget.

Er=

Erste Vorbereitung.

Gebeter, nach Art der Litaneyen, um einen seeligen Tod zu erlangen.

HErr! erbarme dich unser,
In der Stund unseres Todes.
Christe! komme uns zu Hilf,
In der Stund unseres Todes.
GOtt Vater vom Himmel, erbarme dich unser,
In der Stund unsers Todes.
GOtt Sohn Erlöser der Welt, erbarme dich unser,
In der Stund unsers Todes.
GOtt heiliger Geist, erbarme dich unser,
In der Stund unsers Todes.
Heil'ge Dreyfaltigkeit ein einiger GOtt, erbarme dich unser,
In der Stund unsers Todes.
Heilige Maria Mutter GOttes, erlange uns einen seligen Tod.
Du Thür des Himmels, Mutter der
Aus

Auserwählten, Fürsprecherin der
Menschen, Freystatt, und Zuflucht
der Sünder,
Erlange uns einen seligen Tod.
Heilige Maria, die du bey dem Tode
deines Sohns JEsu gewesen, und
denselben an dem Creutz sterben gese-
hen,
Erlange uns einen seligen Tod.
Heilige Maria, die du aus Liebe gestor-
ben, und in den Flammen der Lie-
be verzehret worden,
Erlange uns einen seligen Tod.
Heilige Maria, die du den Kindern
und Dienern die Gnade der Buße und
der endlichen Beharrlichkeit erbittest,
Erlange uns einen seligen Tod.
Heiliger Joseph, Pflegvater JEsu Chri-
sti, keuscher Bräutigam der heiligen
Jungfrau, der du deinen Geist unter
ihren Armen aufgegeben hast.
Erlange uns einen seligen Tod.
Heiliger Michael, Heiliger Gabriel,
Heiliger Raphael, alle Engel des
Paradieses,
Erlanget uns einen seligen Tod.

B 4   H.

H. Johannes der Taufer, alle Pa-
triachen und Propheten,

H. Petre, H. Paule, alle heilige
Aposteln und Evangelisten,

H. Stephane, H. Laurenti, alle
heilige Martyrer JEsu Christi,

H. Sylvester, H. Gregori, alle heilige Päpste und Beichtiger.

H. Antoni, H. Benedicte, alle heilige Patriarchen und Leviten,
Mönche und Einsidler.

H. Maria Magdalena, H. Agatha,
H Agnes, alle heilige Jungfrauen
und Wittfrauen.

Bittet für uns und erlanget uns etwas 2c.

Alle Heilige GOttes

Ich glaube mein GOtt! alles, was deine heilige Kirche glaubet; ich verdamme alles, was sie verdammet, und
ich verlange in ihrer Gemeinschaft zu
sterben.

Ich hoffe, daß du mir alle meine Sünden vergeben, und mir aus lauter
Güte die Gnade selig zu sterben verleihen werdest,

Ich hoffe daß du mich nicht von dieser
Welt wegnehmen werdest, ohne Buße
gethan, und ohne die heiligen Sacramenten empfangen zu haben.   Ich

Ich hoffe, daß du mir in dem Tod beystehen, mich wider alle Versuchungen
meiner Feinde beschützen, und meine
Seele bey ihren Ausgang aus dem
Leib in das Paradeiß aufnehmen werdest.

Ich bereue von ganzen Herzen, mein
GOtt! daß ich dich beleidiget habe,
ich unterwerfe mich allen Straffen,
welche deine Gerechtigkeit an mir voll-
ziehen wird, und ich will Dich im
Sterben lieben, weil ich dich während
meinem Leben nicht geliebet habe.

Ich will sterben, um durch meinen Tod
und durch meine Schmerzen für alle
die Sünden zu büßen, die ich, seit
dem ich in der Welt bin, begangen habe.

Ich will sterben zu deiner Ehre, und
dir durch das Opfer meines Lebens
zeigen, daß ich dich mehr liebe, als
mich selbsten.

Ich will sterben, um deinen Befehlen zu
gehorchen, und mich dem Urtheil zu
unterwerfen, das Du wider mich,
und wider alle Menschen gefället hast.

Ich will sterben, um dich zu sehen, um
dich zu besitzen, um Dich zu preißen,
und

und um Dich in dem Himmel in alle
Ewigkeit zu loben.

Ich will sterben, um dich nicht mehr
zu beleidigen.

Ich will sterben aus Danksagung für
alle Wohltaten, die du mir in der
Zeit erwiesen hast, und für alle die=
jenige, die du mir in der Ewigkeit
angedeihen lassen wirst.

Ich will endlich sterben, weil du ge=
storben bist, und für dich sterben,
weil du für mich gestorben bist.

Befreye mich von denen hinterlistigen
Nachstellungen des Satans, meines
und deines Feindes. Binde diesen
Starkbewafneten, und verstatte nicht,
daß ich in seine Gewalt gerathe.

O gütiger JEsu.

Erlöse mich von dem ewigen Tod, und
von denen Strafen der Hölle, wie
auch von dem, was ich noch mehr
fürchte, als die Hölle, von deinem
Haß, von deinem Zorn, und von
deinem Fluch.

O gütiger JEsu.

Erlöse mich von der Versuchung des
Unglaubens, der Vermessenheit, der
Furcht,

Furcht, der Kleinmüthigkeit, und Verzweiflung.

O gütiger JEsu.

Erlöse mich von der Traurigkeit des Kummers, des Murrens, oder Ungedult, und der allzugroßen Begierde, die Gesundheit wieder zu erlangen.

O gütiger JEsu.

Erlöse mich von allem Uebel und von aller Gefahr am Leibe und an der Seele, in der Zeit und in der Ewigkeit.

O gütiger JEsu.

Wenn ich von aller menschlichen Hülfe verlassen seyn werde; in meiner äußersten Krankheit verlasse mich nicht.

O gütiger JEsu.

Wenn ich ohne Kraft, ohne Muth, und ohne Trost seyn werde, so weiche nicht von mir.

O gütiger JEsu.

Wenn mein Geist in Finsterniß, mein Herz in Traurigkeit, mein Leib in Schmerzen versenket seyn wird, so besuche mich, und unterstütze mich in meinen Nöthen.

O

O gütiger JEſu.

Wenn meine Seele mit den Schmerzen des Todes kämpfen, und aus dem Leib gehen wird, um dir dargeſtellet zu werden, nimm dieſelbe in deine Hände, und laß ſie nicht verlohren gehen.

O gütiger JEſu.

Verleihe mir die Gnad, dich vor meinem Abſterben als eine geiſtliche Wegzehrung zu empfangen, und mit den heiligen Sacramenten der Kirchen verſehen, aus dieſer Welt zu gehen.

O gütiger JEſu.

Würdige dich, mich deiner heiligen Mutter anzubefehlen, und ihrem Schutz zu übergeben, wie du es bey deinem Tod, deinem liebſten Jünger gethan haſt.

O gütiger JEſu.

Würdige dich, den heiligen Michael mit ſeinen Engeln vom Himmel herab zu ſenden, um mich wider meine Feinde, zu beſchützen, und meinen Geiſt bey dem Ausgang aus dem Leib zu übernehmen.

Durch

Durch das Geheimnuß deiner Menschwerdung und deiner Geburt.

Durch den blutigen Schweiß, den
du im Oelgarten vergossen , und
durch die Traurigkeit deines heili-
ligen Herzens.

Durch die Qualen deines Leidens ,
und durch die Wunden, wodurch
man dein unschuldiges Fleisch be-
decket hat.

Durch den grausamen Durst ; den
du am Creutz gelitten; durch die
äußerste Betrübniß, welche deine
heilige Mutter empfand ; durch
die erschreckliche Verlassung deiner
heiligen Seele ; durch deinen Todeskampf, und deinen Tod.

Durch die Gebeter und Verdiensten
deiner heiligen Mutter.

Durch die Gebeter und Verdiensten
deiner heiligen Kirchen.

Durch die Gebeter und Verdiensten
aller Heiligen des Paradeises.

HErr! verleihe mir einen seligen Tod.

O du Lamm GOttes! welches du tragest und hinnimst die Sünden der
Welt,

    Verschone meiner o HErr.   O

O du Lamm GOttes, welches du tragest und hinnimmst die Sünden der
Welt,

　　Erhöre mich, O HErr.

O du Lamm Gottes, welches du tragest, und hinnimmst die Sünden der
Welt,

　　Erbarme dich meiner, o HErr.

Christe! höre mich.

Christe! erhöre mich.

Gebet.

O gütigster JEsu! der du dich gewürdiget hast, nach deiner Geburt
in einer verächtlichen Krippen zu liegen;
dein ganzes Leben in denen schweresten
Bemühungen zuzubringen; und endlich,
um mein Heil zu würken, den schmäh-
lichsten Creuzes Tod auszustehen; rede
für mich zu deinen Vater, und ruffe zu
ihm, da ich in meinem Sterbensende
werde begriffen seyn, Vater verzeihe ihm.
(ihr) befehle mich deiner Mutter, und
sage: Siehe deinen Sohn (deine Tochter) ertheile meiner Seele die trostvolle
Versicherung: Du wirst mit mir im Pa-

　　　　　　　　　　　ra-

rabeiß seyn. Mein GOtt! mein Gott! verlaß mich nicht! mich dürstet nach dir als den Brun des ewigen Lebens. Meine Lebensstunden seynd vollbracht. In deine Hände befehle ich meinen Geist, Amen.

Gebet zu der allerseligsten Jung=
frau Maria.

Aus der Tiefe rufe ich zu dir meine Gebieterinn, allerheiligste Jungfrau! du bist eine Mutter des ewigen Königs, und zugleich eine Mutter deren in dem Elend Lebenden. Eine Mutter deren Beschuldigten, und eine Mutter des Richters. Eine Mutter Gottes, und deren Menschen = = = Die Forcht meiner Sünden o Mutter! ängstiget mich: Hilf mir, deinem Sohn, (deiner Tochter) da ich zu dir schreye, und führe mich in den Haven des Heils. Erzeige dich in der Stund meines Todes eine Mutter zu seyn, und beschütze mich vor dem bösen Feind. Sey mir eine Leiter in das Himmelreich zu gelangen, und der gerade Weg in das göttliche Paradeiß. Erhöre mich o gütige Mutter, o süße Jungfrau Maria, Amen.

Ge=

Gebet zu der heiligen Barbara.

Heilige Barbara! du glorwürdiges Schlachtopfer des Glaubens, die du für jenige bittest, die dich anrufen, um ihnen die Gnade zu erwerben, daß sie nicht ohne Empfangung deren letzten heiligen Sacramenten von der Welt abscheiden; wir bitten dich demüthigst uns diese Wohlthat zu verschaffen, damit wir vermittels deines Beystandes selig werden, und GOtt in dem Paradeiß lobsingen mögen, wo JEsus Christus mit GOtt seinem Vater und dem heiligen Geist lebet und regieret von Ewigkeit zu Ewigkeit, Amen.

Zweyte Vorbereitung.
Weitläufige Erklärung des Gebets des Herrn.

Gleichwie ich weder die Stund meines Todes weiß, noch ob ich Zeit haben werde, mich darzu vorzubereiten, noch

noch ob ich genug Kräften und Erkänntniß besitzen dürfte, mein Gemüth auf
das Geschäft meines Heils zu richten;
so bitte ich dich o mein GOtt die Vorsätz, welche ich jetzt mache, anzunehmen, und diese Vorbereitung in Ermanglung der jengen zu empfangen,
die ich vielleicht an dem Ende meines
Lebens nicht mehr werde verrichten können.

Vater unser,

Ich glaube mein GOtt! daß du mein
Vater bist, der du mir das Leben,
die Natur, und Gnad gegeben, und
von dem ich das Leben der Herrlichkeit
hoffe. O was Trost bringet es mir,
daß ich einen so großen, so weisen, so
mächtigen, und so gütigen Vater habe!
ich empfinde aber bittere Schmerzen, daß
ich von dir abgewichen, und mich durch
meine viele schwere Missethaten zu einen Leibeigenen des Satans gemacht
habe.

Mein Vater! ich habe gesündiget,
wider den Himmel und vor dir. Ich
bin nicht würdig den Namen deines
Kindes zu führen. Nimm mich doch
aber,

aber wiederum in die Zahl deiner Diener auf. Ich bin dieses verschwende-
rische Kind, welches alle Gaaben der
Natur und Gnad, die du mir ertheilet, durchgebracht, und welches von
Elend verzehret, wieder zu dir umkeh-
ret. Nimm dasselbe o Vater der Barmherzigkeit! in dein Hauß auf, und verwerfe es nicht ewig von deinem Angesicht
Dein Sohn, unser Heiland hat uns
versichert, daß du Ihn für die Sünder in die Welt gesandt hast. Vergieb also einem armen Sünder, de um
Barmherzigkeit ruffet, und verwirf
nicht eine Seele, für welche dein Sohn
gestorben.

O mein Vater! wenn es möglich
ist, so gehe dieser Kelch des Todes von
mir, ohne daß ich ihn trinke. Befreye
mich von denen Schmerzen, die ich empfinde, und schenke mir die Gesundheit
wieder. Aber dein, und nicht mein
Wille geschehe.

Der du bist in dem Himmel.

Du bist in dem Himmel o mein
GOtt! und ich bin auf der Erden.
Du bist an einem Ort des Friedens,
und

und ich an einem Ort des Streits.
Du bist in dem Himmel um mich zu
belohnen, und ich bin auf der Erden
um dir zu dienen. Ach dieses ist eben,
was ich noch nicht einmal angefangen
habe zu thun! so boßhaft und undank-
bar ich aber auch immer bin, so hoffe ich doch
o GOtt der Barmherzigkeit! daß du mich
in dein Paradeiß aufnehmen werdest. Diese meine Hofnung gründe ich auf die Verdienste deines Sohns JEsu Christi, und
auf das kostbare Blut, das er für mich
vergossen.

O wenn wird dieser so erwünschte
Tag, der schönste und glückseligste unter allen Tägen kommen! o wie sehr miß-
fallet mir die Erde, wenn ich den Himmel ansehe! O Himmel! was soll man
nicht thun um dich dich zu gewinnen?
Was soll man nicht leiden um dich zu
verdienen? Alles, was ich ausstehe, ist
nichts gegen den Werth dessen, was ich
hoffe. Selig seynd diejenige mein GOtt!
die in deinem Hauß wohnen. Sie werden dich in Ewigkeit loben und preisen.

Ge-

Geheiliget werde dein Nam.

Heiligſter, und anbetungs würdigſter Name meines GOttes! ich war auf der Welt dich zu ehren, und ich habe dich in meinen Leben geläſtert, und beleidiget. Ich habe mich nur bemühet meinen Nahmen zu vergrößern, an ſtatt, daß ich den deinigen hätte herrlich gemacht. Ich war böß, und habe gut ſcheinen wollen, und ob ich gleich voller Mißhandlungen geweſen, ſo habe ich doch vermittelſt einer verabſchäuungs würdigen Heucheley einen Schein der Tugend und Frömmigkeit, die ich nicht hatte, angenommen. Ich bitte dich deswegen um Verzeihung, o König der Ehren, o GOtt! und flehe Dich um deines heiligen Namens willen an, mir Barmherzigkeit angedeihen zu laſſen.

O heiliger Nahme JEſus! du biſt alle meine Hofnung, und mein ganzer Troſt Du haſt o unerſchaffene Wahrheit betheuret, daß, wer deinen heiligen Nahmen im Glauben und Vertranen anrufen wird, ſelig werden ſolle. Ich ruffe ihn an, von meinem ganzen Herzen, mit aller möglicher Ehrerbietigkeit, und Andacht; gieb dann nicht zu, daß ich verlohren werde.   Zu-

Zukomme uns dein Reich.

Wenn wird es wohlgeschehen, o mein GOtt! daß dieses Reich komme? Wenn wirst du friedlich in meinen Herzen regieren? Wenn wirst du der allein vollkommene HErr über meinen Leib, und über meine Seele seyn? Ach! ich habe dich auf der Erden nicht herrschen lassen. Ich habe mein ganzes Leben hindurch bezeiget, daß ich keinen andern König habe, als die Welt, meine Anmuthungen, mein verderbt-sinnliches Fleisch; und deswegen verdiene ich auch den Tod. Ich nehme ihn zur Bestraffung meiner Trübseligkeiten gern an, und ob ich gleich der unwürdigste unter allen Menschen bin, so bitte ich doch, und hoffe auch, auf die Verdienste deines Sohns Christi JEsu vertrauend: du werdest mir nach meinem Tod das Thor, und den Eingang in dein Reich eröfnen.

Tröste dich meine Seele! siehe, das Reich GOttes ist nahe. Du hast nur noch einen Augenblick zu leiden, und dieser Augenblick des Leidens wird dir ein Gewicht der ewigen Herrlichkeit verschaffen. Kämpfe bis an das End, und verliechre

C 3

liehre nicht aus Trägheit eine Krone, die dir in dem Himmel verheissen und zubereitet ist.

O mein GOtt! weil ich deinen Willen in meinem Leben nicht gethan, so will ich ihn wenigstens bey meinem Tod erfüllen. Willst du, daß ich lebe? Willst du, daß ich sterbe? Willst du daß ich Buß auf Erden thue? Willst du, daß ich in das Fegfeuer gehen, und dieselbe darinnen verrichten solle? Willst du meinen Schmerzen verlängern? Willst du denselben endigen? Mein Herz ist bereit; alles, was dir gefallen wird, zu thun, und zu leiden. Es ist bereit zu leben, es ist bereit zu sterben; es ist bereit gegen den Himmel zu steigen, es ist bereit auf der Erden zu bleiben. Ich bitte dich nur um die Gnad, daß allemal dein Wille, niemahls aber der meinige geschehe, wenn er deinem Willen entgegen.

Gieb uns heut unser tägliches Brod.

Ich danke dir liebreicher Vater! daß du mir so viele Jahre hindurch das irrdische, natürliche Brod zur Nahrung meines Leibs, und das geistliche Brod der Gnaden zur Erhaltung meiner Seele ge-

ge-

geben; vornämlich aber, daß du mir so
oft das Brod deren Engeln gereichet; nämlich den heiligen Leib, und das kostbare
Blut deines Sohns, um mir ein ewiges
Leben zu verschaffen.

Selig sind diejenigen, welche dieses
Brod in dem Reich GOttes essen werden.
O Brod des Lebens! ich fürchte den Tod
nicht mehr, weil ich so glücklich gewesen
bin, dein heiliges Fleisch und Blut noch
vor meinem Ableiben zu genießen. Ich
erschrecke nicht mehr vor meinen Feinden, weil du bey mir bist. Ich werde
von diesem Brod gestärket, durch die Wü-
sten dieses Lebens hinziehen, bis ich zu dem
Berg Horeb gelange, welcher die selige
Anschauung GOttes ist. Du hast, o Heiland, meiner Seele betheuret, daß der-
jenige, der dieses Brod essen wird, in
Ewigkeit leben solle. Kannst du wohl
unwahr reden? Kannst du uns hinterge-
hen? Köenen wohl diejenigen, die sich in
diesem Leben mit dir vereiniget haben, nach
ihrem Tod von dir getrennet werden?

JEsu! gieb mir an diesem Tage, der
vielleicht der letzte meines Lebens seyn
wird, deine Gnade; unterstütze meine

Schwach-

Schwachheit, und stärke mich mit deiner Hülfe, damit ich diese harte, schwere, und gefährliche Reiß in die Ewigkeit glücklich vollende.

Vergieb uns unsere Schuld, wie ꝛc.

Ich erschreke o HErr! bey dem An=blick meiner Sünden. Die Zahl der selben ist unendlich, und die Bosheit über=aus groß. Was soll ich thun, um mei=ne Seligkeit zu versichern? Ich kann nun nicht mehr beten, noch fasten, noch ei=niges Bußwerk verrichten. Du hast o ewige Wahrheit! verheißen, daß du de=nenjenigen vergeben willst, die vergeben haben werden, und denenjenigen Barm=herzigkeit erweisen willst die sich barmher=zig erzeiget haben werden. Ich vergebe von ganzem Herzen allen denen, die mich be=leidiget haben: ich bitte dich, ihnen das Unrecht, das sie mir angethan, nicht zur Last zu legen. Vergieb mir demnach auch, gerechter, und getreuer GOtt! und ge=denke meiner Missethaten nicht mehr, mich deswegen zu bestraffen.

Und

Und führe uns nicht in Versuchung.

Nun ist es Zeit o HErr! nun habe ich deinen Schutz, deinen Beystand nöthig. Es umgeben mich meine Feinde von allen Seiten. Der Höllengeist setzet mir auf das gewaltigste zu, um mich zu verschlingen. Ob ich aber gleich in dem Schatten des Todes wandere, so fürchte ich doch nichts, weil du mit mir bist. Ihr Engel GOttes verlasset mich nicht; haltet den Satan ab, mich zu versuchen, wenigstens lasset mich unter der Versuchung nicht unterliegen.

Sondern erlöse uns von dem Uebel.

Erlöse mich von dem Uebel des Leibes, welches ich empfinde, und welches ich wohl verdienet habe. Erlöse mich von dem Uebel der Seele, welches ich fürchten muß, und womit ich bedrohet werde. Erlöse mich von dem allergrösten Uebel, von der Höll, o GOtt der Barmherzigkeit. Verlaß mich nicht in diesem Orte der Qual, und verdamme mich nicht zu dem ewigen Tod. Ach! wie sollte ich in Ewigkeit von dir abgesondert seyn können? Nimm mich auf in dein Paradeiß, wo ich mit deinen Heiligen dich

C 5

in

in alle Ewigkeit preisen, und dir danken
kann, Amen.

Vorschrift, oder Weiß

Sich dem Dienst der heiligen Jungfrau MARIA zu widmen, um einen seligen Tod zu erlangen

Heilige MARIA, Mutter GOttes,
reineste Jungfrau, Königinn der
Welt! ob ich gleich unwürdig bin in der
Zahl deiner Diener (Dienerinnen) zu
seyn; so erwähle ich dich doch, auf deine Barmherzigkeit vertrauend, und vom
Verlangen dir zu dienen getrieben, heut
in Gegenwart des ganzen himmlischen
Hofs zu meiner Königinn, zu meiner
Mutter, und zu meiner Fürsprecherinn
bey GOtt, und nehme mir einen festen
Vorsatz dich mein übriges Leben hindurch
zu ehren, dir zu dienen, und dich zu lieben, nichts zu reden, und nichts zu thun,
was deine Ehre verletzet, und niemals
zu gestatten, daß irgends jemand von denen

nen die von mir abhangen, etwas rede
oder thue, was dir misfallen könnte.
Ich bitte dich demnach o Mutter der Barmherzigkeit! durch das kostbare Blut, welches dein liebster Sohn für mich vergossen, mich in die Zahl deiner Kinder und
Diener anzunehmen, mir in allen meinen Geschäften beyzustehen, mir alle
Gnaden, die mir nöthig seynd, zu erlangen, und mich bey dem Tod nicht zu verlassen, sondern mich wider meine Feinde
zu beschützen, und meine Seele bey dem
Ausgang aus ihrem Leib in deine Hände
zu nehmen, um dieselbe deinem Sohn
darzustellen, den ich mit dir in dem Himmel während der ganzen Ewigkeit zu sehen, zu loben, und zu lieben verlange,
Amen.

Dritte Vorbereitung.

Gebet zu der heiligsten Jung-
frau MARIA, um einen seligen
Tod zu erlangen.

Gleichwie ich weder die Stund meines
Todes weis, noch ob ich Zeit haben
wer-

werde mich darzu vorzubereiten, noch ob
ich genug Erkänntniß besitzen dürfte, mein
Gemüth auf das Geschäft meines Heils
zu richten; so bitte ich Dich o heiligste
Jungfrau! deinem Sohn diese Vorbereitung, die ich jetzt mache, in Ermanglung
derjenigen darzustellen, die ich vielleicht
in meiner letzten Krankheit nicht werde verrichten können, und mir die Gnad zu erlangen unter deinem Schutzmantel sanft
zu sterben. Deswegen sprechn ich mit der
heiligen Kirchen zu Dir:

Gegrüßet seyst du Königin, du Mutter der Barmherzigkeit!

Gegrüßet seyst du o Königin des Himmels, und der Erden, der Engeln,
und der Menschen, der Lebendigen
und der Toden. Gegrüßet seyst du o
Mutter der Barmherzigkeit, und der
Elenden. Du bist zwar eine Mutter der
Gnade für die Gerechte; du bist aber auch
eine Mutter der Barmherzigkeit für die
Sünder. Und dieses machet mir auch ein
Vertrauen mich zu Dir zu wenden, und
laßt mich hoffen, daß du mein Gebet erhören
wer-

werdest. Wenn du keine Mutter der Barmherzigkeit wärest, so müste ich mich frey-
lich vor dir fürchten. Was habe ich aber
wohl von einer Mutter der Gnad und
Güte zu besorgen? oder vielmehr, was
muß ich nicht von derselben hoffen?
Des Lebens Süßigkeit, und unsere
Hofnung sey gegrüßt.

Weil Du eine Mutter GOttes bist,
must Du auch die Mutter der Menschen
seyn; indem Du GOtt im menschlichen
Fleisch das Leben gegeben, hast du allen
Menschen, die unter dem Schatten des
Tod begraben lagen, das Leben wieder-
gegeben. Du hast dieselben mit deinem
Sohn zu Nazareth empfangen, aber mit
dem äußersten Schmerzen auf dem Cal-
variberg gebohren. Wir sind Dir in
der Person des H. Johannes gegeben
worden, der alle angenomene Kinder GOttes vorstellte, als JEsus dein Sohn an
dem Creuz sterbend zu Dir sagte: Weib!
siehe dieses ist dein Sohn, und zu seinem
Jünger: Siehe, dieses ist deine Mutter.

O Heilige Jungfrau! du bist keine
Mutter der Strenge, sondern der Ge-

lin-

lindigkeit. Wir hatten zwar an GOtt
einen Vater der Barmherzigkeit, wir mu-
sten aber auch eine Mutter der Barmherzigkeit haben; und dieser Name gebüh-
ret Dir o liebreiche Jungfrau! denn da
du neun Monat hindurch die Barmherzigkeit selbst in deiner keuschen Schooß
getragen, kann man wohl zweiffeln, daß
dein Innerstes nicht von Barmherzigkeit
ganz erfüllet, und durchdrungen seyn sollte. Siehe, dieses macht uns neuen Muth.
Dieses erfüllet unser Vertrauen, und be-
weget uns, daß wir dich mit der heiligen
Kirche, unsere gänzliche Hofnung, nach
deinem Sohn nennen.

Zu dir schreyen wir elende Kinder Evä.

Zu dir rufen wir, die wir Kinder dieser
elenden Eva sind, die den Tod über uns
gebracht, ehe sie uns noch das Leben gegeben; die uns aus dem Paradeiß der
Ergözlichkeiten verjaget, worein uns die
Güte GOttes gesezet hatte. Allein dieser Vater der Barmherzigkeit hat Dich
erwählet, o heilige Jungfrau! um den
Schaden, welchen uns das erste Weib
zugefüget, wieder gut zu machen. Du
hei-

heilest die, welche jene verwundet hat. Du machest die selig, welche jene verdammet hat; und verschaffest, daß diejenigen in das himmlische Paradeyß eingehen, welche jene aus dem irdischen Paradieß verbannet hatte.

Deswegen schreyen, seufzen, klagen, und weinen wir auch in diesem Thal der Thränen zu dir, wo wir mit Sünden beladen, mit Elend überhäufet, von GOtt entfernet, mit Feinden umgeben, aus unserem lieben Vaterland vertrieben, und allemal in Gefahr sind zu verderben.

Eja unsere Fürsprecherin

Wir bitten dich demnach demüthig o unsere Fürsprecherin! die Augen deiner Barmherzigkeit auf uns zu werfen. Wir haben zwar bey dem Vater einen allmächtigen Fürsprecher, nämlich deinen Sohn JEsum Christum. Allein es war uns auch noch eine mächtige Fürsprecherin bey diesem Fürsprecher, weil er unser Richter ist, nöthig.

Du bist es aber, o heilige Jungfrau! die GOtt erwählet, und von der Erden in den Himmel übersetzet hat, damit du bey ihm mit Zuversicht für uns bitten mögest, wie die heilige Kirche saget.

Wen-

Wende demnach deine barmhertzigen Augen zu mir. Denn du kannst auf der Erden nichts sehen, was elender, und deines Mitleidens würdiger wäre. Wenn du mich mit einem gnädigen Aug ansiehest, so werde ich selig seyn. Wenn du aber diese Augen von mir abwendest, so bin ich verlohren. Wer kann aber wohl dieses Unglück befürchten, wenn er mit Vertrauen zu dir fliehet? wo ist der Sünder, welcher sagen kann, du habest ihn verachtet wenn er dich angeruffen? o Maria! stehe mir in meiner letzten Krankheit bey, und zeige mir JEsum die gebenedeyte Frucht deines Leibs.

Laß mir nach diesem Elend deinen höchst gebenedeyten Sohn sehen, du, welche du unter allen Weibern gebenedeyet bist; durch dich haben wir ihn auf der Erden mit unserem Fleisch bekleidet gesehen, und durch dich hoffe ich, denselben in dem Himmel mit Herrlichkeit umgeben zu sehen. O wie zufrieden werde ich sterben, wenn ich in deinen Armen sterbe! ich werde alle böse Geister der Höllen nicht fürchten, wenn du nur mit deinem Schutz mit mir bist,
und

und ich kraft eines vollkommenen Vertrauens mit dir bin.

O gütige Mutter!

O liebreiche Mutter!

O holdseelige Mutter, heilige Jungfrau Maria! stehe mir bey im Leben, und verlaß mich nicht im Tod.

Vierte Vorbereitung.

Der Englische Gruß um einen seligen Tod zu erlangen.

Begrüsset seyest du Maria voller Gnaden.

Du bist von deiner unbefleckten Empfängniß an damit erfüllet worden und aus dieser überflüßigen Völle erlangt der Blinde sein Gesicht, der Kranke seine Heilung, der Gefangene seine Loßlassung, der Gerechte seine Gnad, der Sünder seine Vergebung, der Engel seine Freud, der Sohn Gottes sein Fleisch und die heiligste Dreyfaltigkeit ihre Herrlichkeit.

D   Der

Der HErr ist mit dir.

Er ist mit dir, wie ein Vater mit seiner Tochter, wie ein Sohn mit seiner Mutter; wie ein Bräutigam mit seiner Braut. O unvergleichliche Mutter! daß ich doch allemal mittelst einer zärtlichen Andacht mit dir, du aber vermög eines beständigen Schutzes, allemal mit mir im Leben, und Sterben seyest!

Du bist gebenedeyet unter den Weibern.

Die gewesen seynd, die wirklich seynd, und die noch seyn werden. Gebenedeyt in deiner Empfängniß, da du vor der Erbsünd bewahret worden; gebenedeyt in deiner Verkündigung, da du eine Mutter Gottes geworden, ohne aufzuhören eine Jungfrau zu seyn; Gebenedeyt bey deiner Auffahrt, indem du aus Liebe gestorben, und mit Leib und Seel in den Himmel getragen worden, um mit deinem Sohn daselbst zu regieren.

Gebenedeyt bist du unter allen Weibern, weil du von alle Ewigkeit her bestimmet gewesen, Mutter GOttes zu seyn; weil du mit Gnaden überhäuffet, und in dem Himmel über alle Geschöpfe erhöhet wor=

worden; weil du die Morgenröthe der Seligkeit, die Hofnung deren Elenden, die Königin deren Menschen, das Thor des Paradeyses und die Austheilerin aller Gnaden bist.

Und gebenedeyet ist die Frucht deines Leibs.

JEsus Christus unser Herr, der dich zu seiner Mutter erwählet, der dich auf seinen Thron erhoben, der dich zur Freud der ganzen Erden, zur Herrlichkeit des Himmels, zur Königin der Engel, zur Mutter der Gerechten, zur Zuflucht der Sünder, zum Schrecken der bösen Geister, zur Hülf und zum Trost aller Elenden gemacht hat.

Heilige Maria Mutter GOttes,

Und der Menschen, bitte für uns arme Sünder, weil du unsere Fürsprecherin, und unsere Mittlerin bey deinem Sohn bist.

Jetzt.

Da wir mit so vielen Feinden umgeben, von so vielen Versuchungen angefochten, Leibeigene so vieler Anmuthungen, und mit so vielen Elend überhäuffet seynd; vornemlich aber

In

In der Stunde unfers Ab-
fterbens.

Welche das Geschäft unserer Seligkeit entscheiden, die Zeit verschliesen,
und die Ewigkeit eröfnen, welche die lezte
unter allen Stunden, und in welcher unsere Seligkeit in sehr großer Gefahr seyn
wird.

O Mutter der Barmherzigkeit,
stehe mir in meinem lezten Ende bey!
stärke mich bey diesem gefährlichen Kampf
durch deine Hülf. Zerstreue die bösen
Geister, meine Feind, durch deine Gegenwart, und nimm meine Seele, in
deine Händ, damit ich in dem Himmel
in der Gesellschaft deren Heiligen, in
Ewigkeit dich benedeye, dich lobe, und
dir danke, Amen.

Fünfte Vorbereitung

Gebet

Voller Inbrunst zu dem gecreuzigten JEsu Christo, welches ein Christ, der sich dem Tod nahe siehet, anstellen kann.

Gleichwie ich weder die Stund des Todes weiß, noch ob ich Zeit haben werde, mich darzu vorzubereiten, noch ob ich Kräften und Erkäntniß genug besißen dürfte, mein Gemüth auf das Geschäft meines Heils zu richten; so bitte ich dich o mein GOtt! die Vorsätz, welche ich anjezo mache, anzunehmen, und diese Vorbereitung in Ermanglung derjenigen zu empfangen, die ich vielleicht an dem End meines Lebens nicht mehr werde verrichten können.

Der Kranke kann, indem er von Zeit zu Zeit den Gecreußigten in die Hände nimmt, sagen:

Sihe das heilige Holz des Creußes,

an

an welches das Heil der Welt geheftet
ist. Wohlan meine Seele! bete dasselbe an umfasse dasselbe mit Vertrauen,
und vereinige deinen Tod mit dem Tod
des sterbenden JEsu.

Ich bete dich an HErr JEsu! von
ganzen Herzen, weil du durch dein heiliges Creuz die Welt erkaufet hast. Göttlicher Heiland! der du viel für mich gelitten, sey mir armen Sünder gnädig,
der mit Demuth und Vertrauen zu dir
seufzet.

Siehe o großer GOtt deinen an dieses Creuz gehefteten Sohn JEsum an,
der um dir bis zu dem Tod gehorsam zu
seyn, an demselben in äußerster Verlas-
senheit gestorben ist. Wende dein Angesicht nicht ab von den Wunden, die er
aus Liebe zu mir empfangen. Wäge auf
der Waage dieses Creuzes die Sünden,
die ich begangen, und die Schmerzen,
welche dein unschuldiger geliebter Sohn
leidet; so wirst du sehen, daß sie die
Schwere meiner Missethaten unendlich
übertreffen, und daß sie viel würdiger
seynd, daß du mir Barmherzigkeit erthei-
lest, als meine Sünden, daß du mit
mir

mir nach deiner strengen Gerechtigkeit
verfahrest. Siehe, wie er sein mattes
Haupt zu dir wendet, und höre, wie er
dich bittet: Vergib ihnen mein Vater,
dann sie wissen nicht was sie thun. Für
mich o HErr hat er gebeten: Vergieb mir
demnach, wie er verlanget; und wie ich
selbst um Ihm zu gehorsamen, von
ganzen Herzen allen meinen Feinden vergebe.

Ach meine Seele! erkenne hieraus,
was du werth bist, und was du schuldig
bist. Du bist das Leben eines vermensch-
ten GOttes werth, und du bist dein Leben diesem nemlichen GOtt schuldig, der
sein Leben für das deinige gegeben. Bist
du nicht zufrieden zu sterben, wie Er für
dich gestorben? Siehe die Wunden seines
zerfleischten Leibs an. Siehe sein Blut
an, welches von allen Seiten fließet.
was verlangest du wohl für einen größe-
ren Beweiß seiner Liebe? Er hat die
Arm ausgestrecket um dich zu umfassen;
das Herz offen, um dich darinnen zu empfangen; den Leib zerfleischet, um dir
wenigstens Mitleiden zu erwecken. Verstatte mir demnach mein göttlicher Heiland!

D 4   daß

daß ich deine anbetungswürdige Wunden
küsse, daß ich deine Füß umfasse, daß ich
mich in deine heilige Seiten verberge.
Du bist mein GOtt und mein Heiland!
ich werde vertraut mit Dir handlen,
und nichts fürchten, um so viel mehr,
da JEsus meine Stärke ist, und
mein Heil geworden.

O daß ich doch demüthig diese Füß
küssen möchte, welche während deinem
ganzen Leben o JEsu! so oft für mich
gegangen!

Du hast dich o HErr! ermüdet,
mich zu suchen, und du hast dich an
das Kreuz heften lassen, mich zu er-
kaufen. Ach daß doch so viele Peinen
nicht umsonst seyen, und nicht ohne
Frucht bleiben!

Vergönne mein JEsu! daß, indem
ich diese wohlthuende Händ küsse, wor-
zu ich so sehr verpflichtet bin; ich meine
Seele in dieselbe lege, damit sie dieselbe
erhalten, und wider alle meine Feinde
beschützen. In deine Händ befehle ich
meinen Geist.

O unendlich liebenswürdiges Herz!
du wirst der Ort meiner Ruhe seyn; ich
wer-

werde daselbst bleiben, und niemals her=
aus gehen.   Ich bete dich an heiliges
Herz, ich danke dir für das , was du
für mich gelitten, ich verabscheue alle
Sünden, welche die Ursach deines Lei=
dens seynd ; und ich bitte dich, mich wider
die Schrecken des Todes, und wider die
Anfälle des bösen Feindes zu stärken. Ja
ich will dir Leben für Leben, Herz für
Herz, Liebe für Liebe geben.

O JEsu mein Leben! der Du für
mich gestorben, was kann ich thun zur
Erkänntniß einer solchen Güte? Ich
will für Dich o mein GOtt! auch ster=
ben.   Ich übergebe Dir mein Leben, und
mit diesem alles, was ich habe , und be=
sitze.   Um was ich dich allein bitte, ist,
daß du meinen Tod, und meinen Schmer=
zen segnest, und selbe zur Genugthuung
meiner Sünden auf nehmest. Ich glau=
be alles, was deine heilige, Catholische,
allein selig machende Kirche zu glauben be=
fiehlt.   Ich vergebe von Herzen allen,
die mich beleidiget.   Ich entsage allen
Rath und Eingebungen des bösen Feindes.
Ich nehme den Tod mit Freuden, als
die Strafe meiner Sünden an. Ich über=

D 5   las=

laſſe Dir meine Seel uud Leib auf dich
vertrauend, Du werdeſt mich von dieſer
falſch = und zergánglichen Welt in deiner
Gnad zu Dir in das Himmelreich beruf=
fen. Amen

Die Seele Chriſti heilige mich.

Der Leichnam Chriſti erlôſe mich.

Das Blut Chriſti tránke mich.

Das Waſſer der Seiten Chriſti waſche
mich.

Das Leiden Chriſti ſtárke mich.

O gútigſter JEſu! erhöre mich.

In deine Wunden verberge ich mich.

Von dir laß nimmer ſcheiden mich.

Vom böſen Feind beſchütze mich.

Und laſſe zu Dir kommen mich.

In meiner Todſtund berufe mich.

Mit deinen Heiligen zu loben dich.

Von Ewigkeit zu Ewigkeit. Amen.

O gútiger JEſu! verberge mich, ich
bitte Dich, in die Wunden deines heiligen
Herzens.

Verſtatte nicht, daß ich von Dir ge=
trennet werde.

Beſchütze mich wider alle meine Feind.

Uud führe mich durch deine unendliche
Barmherzigkeit bis zur ewigen Glückſe=
ligkeit.   Se=

Gebet.

GOtt um einen seligen Tod zu bitten, aus den Worten unsers am Creuz sterbenden HErrn JEsu Christi genommen.

O gütiger JEsu! der Du für mein Heil in einem Stall hast wollen gebohren werden, in Müheseligkeiten leben, und am Creuz sterben. Sage zu deinem Vater in dem Augenblick meines Tods: mein Vater! vergieb ihm. Sage zu deiner Mutter: siehe hier ist dein Sohn. Sage zu meiner Seele: heute wirst du bey mir im Paradeyß seyn. Mein GOtt! verlasse mich nicht. Mich dürstet nach Dir o mein Heiland, der Du der Brun des Lebens bist. Meine Täge verlauffen, und bald ist alles für mich vollbracht. Deswegen o mein lieber Erlöser, lege ich von jetzt an, und auf beständig meine Seele in deine Händ.

An=

Andächtige Gebetter
zu JESU

in dem hochwürdigsten Sacra=
ment des Altars, welche in der Kir=
chen vor dem Ausgang zu den Kranken,
oder wenn man wider zuruck kommet,
auch sonsten überall und allzeit für die
Kranke und Sterbende sehr nützlich
können gesprochen
werden.

O du mein Heiland und Seeligmacher
Christe JEsu! wahrer GOtt und
Mensch, deine warhafte Gegenwart in
diesem heil. Sacrament bete ich an, und
verehre es auf das höchste. O ihr himm=
lische Geister, die ihr in großer Anzahl
eurem GOtt und Herrn zu allen Dingen
bereitwillig aufgewartet, lehret mich
mit euch, denselbigen mir verborgenen
GOtt der Gebühr nach zu verehren, und
anzubeten, damit ich sowohl mit euch,
als auch allen Kranken, und heut in Zü=
gen liegenden ihn dermaleinst im Him=
mel zuloben und zu preißen möge aufge=
nommen werden, Amen.

O GOtt

O Gott! der du nicht begehrest den Tod des Sünders, sondern daß er sich bekehre und mit dir ewig lebe, wir bitten deine göttliche Majestät, du wollest durch die Verdienste des zweyfachen tödlichen Kampfes, welchen unser Heiland und Seeligmacher Christus JEsus in dem Garten des Oelbergs, und an dem Stamme des heil. Creutzes aus gestanden, allen Christgläubigen, die da heut in der ganzen Welt in den letzten Zügen liegen, aus diesem Todeskampf zum Seelentriumph, und von dem Tod zum ewigen Leben zu kommen gnädiglich verleihen. Stehe ihnen bey in dieser ihrer allergrösten Noth, o Maria der Gnaden, und Mutter der Barmherzigkeit mit allen heiligen Engeln und Auserwählten GOttes. Amen. Vater unser, rc. Gegrüst seyest du, rc.

Die Kraft des Vaters überschatte alle Kranke und Sterbende; die Weißheit GOttes des Sohns regiere sie; die allerheiligste Dreyfaltigkeit bewahre sie, und führe ihre Seelen, wenn sie aus ihren sterblichen Leibern abgefordert werden, zu dem ewigen Leben. Amen.

Was

Vater unſer, ꝛc. Gegrüßt ſeyeſt du, ꝛc.

Unſer HErr JEſu Chriſtus ſey bey allen Kranken und Sterbenden, daß er ſie beſchütze und beſchirme; Er ſey in ih= nen, daß er ſie erquicke und tröſte; Er ſeye vor ihnen, daß er ſie begleite und führe; Er ſeye hinter ihnen, daß er ſie behüte und bewahre; Er ſeye über ſie, daß er ſie überſchatte und ſeegne, der mit dem Vater und H. Geiſt in einem Göttlichen Weſen lebet und regieret in Ewigkeit, Amen. Vater unſer, ꝛc. Gegrüßt ſeyſt du, ꝛc.

Ermahnung.

Man kann auch mit ſonderbarer Andacht für die in Zügen liegende 3. Vater unſer be= ten.

Das erſte zu Ehren des Todeskampfs unſers HErrn JEſu Chriſti auf dem Oelberg.

Das zweyte zu Ehren alles ſeines Leidens an dem Creutz.

Das dritte zu Ehren ſeiner unausſprechlichen Liebe, welche Andacht dem Sterbenden wird großen Nutzen und Troſt bringen.

Gelobet und gebenedeyt ſeye das hochwür= digſte Altarsſacrament.

Der

Der Leib JEsu speise alle Kranke, und heut Sterbende.

Das Blut JEsu tränke sie.

Die Seele JEsu heilige sie.

Die Zähren JEsu waschen sie.

Das Leiden JEsu stärke sie.

Der Tod JEsu erlöse sie.

Das Creutz JEsu beschütze sie.

Die Wunden JEsu heilen sie.

Die Unschuld JEsu bekleide sie

Die Tugend JEsu ziere sie.

Die Liebe JEsu entzünde sie.

Die Allmacht JEsu seegne sie.

Die Gottheit JEsu macheselig sie

O JEsu! dir sollen alle Krancke und Sterbende leben.

O JEsu! dir sollen sie sterben.

O JEsu! dein sollen sie seyn tod und lebendig. Amen.

Zu JEfu, Maria und Joseph.

O ihr drey allerſeligſte, und in Ewigkeit gebenedeyteſte Perſonen, JE-
ſus, Maria, und Joseph! o ihr drey
allerliebſte- und allerwertheſte Freund,
JEſus, Maria und Joseph! o ihr al-
lerbeſte und allermächtigſte Nothelfer
JEſus, Maria und Joseph! verlaſſet
nicht die Kranke uud heut Sterbende;
ſtehet ihnen bey zu dieſer ihrer allerge-
fährlichſten Zeit, und alleräußerſten
Noth, und machet, daß meiner, und
aller Sterbenden letzte Wort ſeyen, folgende: JEſu, Maria, Joseph! in eu-
re Händ befehle ich meinen Geiſt,
Amen.

Letzte

Letzte Seufzer eines
sterbenden Christen.

Ich bete dich an, o einiger, lebendiger und wahrer GOtt!

Ich glaube an dich, o ewige Wahrheit.

Ich hoffe auf dich, o unendliche Barmherzigkeit.

Ich liebe dich wegen deiner, o unendliche Güte.

HErr! aus Liebe deiner reuet es mich, daß ich gesündiget, und in alle Ewigkeit will ich nicht mehr sündigen.

JEsu! du Sohn David, erbarme dich meiner.

Nicht mein Wille o HErr! sondern dein Wille geschehe.

Hier schneide, hier brenne, hier verschone nicht, damit du in Ewigkeit verschonest.

O JEsu sey mein JEsus, und erlöse mich.

O JEsu mein Erlöser! dir lebe ich, dir sterbe ich mein GOtt und Alles.

E   JE=

JEsus, Maria Joseph! euch schenke
ich Leib und Seel.

Heilige Maria Mutter GOttes! ge=
denke meiner, und bitte für mich.

O Maria! Mutter der Gnaden, Mut=
ter der Barmherzigkeit! schütze
mich vor meinen Feinden nimm
mich auf jetzt und in der Stund
meines Absterbens.

Heiliger Michael! beschütze mich.

Heiliger Schutzengel! bewahre mich.

Heilige Engel und Erzengel stehet mir
bey.

Heiliger Dismas, heilige Barbara, bit=
tet für mich.

Alle Heilige und Auserwählte GOttes!
bittet für mich.

HErr JEsu! in deine Hände befehle ich
meinen Geist.

HErr! strafe mich nicht in deinem Zorn,
und züchtige mich nicht in deinem
Grimm, sondern gedenke an deine
Barmherzigkeit, und erbarme dich
meiner.

Mein HErr und mein GOtt! alle mei=
ne Hoffnung ist auf deine Barm=
herzigkeit.

Ich

Ich leide viel o HErr! und ich bin bereit noch mehr zu leiden, wenn du es haben willst, stärke mich nur mit deiner Gnade, und nimm alles zur Genugthuung meiner Sünden an.

Erbarme dich o GOtt, nach deiner grossen Barmherzigkeit, und nach der Vielheit deiner Erbarmung, vertilge meine Missethat, die ich aus Liebe deiner von ganzem Herzen bereue.

Wasche mich mehr und mehr von meiner Ungerechtigkeit, und reinige mich von meiner Sünde.

Dir allein o mein GOtt! habe ich gesündiget, und Böses vor dir gethan; ich beweine aber dieses aus wahrer und purer Liebe deiner, o mein GOtt!

Ach wende dein Angesicht ab von meinen Sünden, und tilge aus alle meine Missethaten.

Verwirf mich nicht von deinem Angesicht, und nimm deinen H. Geist nicht von mir.

Erbarme dich meiner, o GOtt! denn ich bin schwach.

E 2 Wen-

Wende dich o HErr zu mir, und errette meine Seele; hilf mir um deiner Barmherzigkeit willen.

Die Psalmen können tausend schöne Gedanken an die Hand geben, welche sehr dienlich sind einen Kranken zu trösten. Es ist sehr gut, wenn man bey gesunden Leib sich der gleichen kurze Gebetlein bekannt gemacht, damit man sich derselben in der Krankheit leichter, und mit mehrerem Nutzen bedienen kann.

ENDE

Tägliche Erinnerung
des Todes.

Daß ich sterben werde, weis ich ge=
wiß: aber wann? wo? wie? ist
mir durchaus unbewußt.

Ich bin aus Erde, und mein Fleisch
wird in Staub und Erde verwandelt wer=
den.

Der Seele und Geist nach bin ich un=
sterblich, und werde nach abgelegten
Fleisch eingehen in das Haus meiner E=
wigkeit.

O unendliche Ewigkeit! O lezter Au=
genblick meines Lebens! von welchem
hanget die ewige Ewigkeit.

Tägliches Gebet um einen glük=
seligen Tode.

Allmächtiger ewiger GOtt! ich werfe
mich darnieder, vor dem Thron
deiner unendlichen Majestät, und bete
dich demütig an.

Du

Du allein bist mein GOtt, und
HErr meines Lebens. Ich bin bereit
länger zu leben, aber nicht anderst, als
daß ich mein Leben anwende zu deiner
Ehr und Dienste.

Wilst du, daß ich noch heut sterben
soll, so bin ich schon bereit. Ich will
sterben, auf daß ich deiner ansichtig werde. Ich will sterben, damit ich mit dir
ewiglich lebe.

Dein heiligster Will, O HErr! geschehe von mir, in mir, um mir, und in
allen, was mein ist so wohl in der Zeit,
als in Ewigkeit.

Bereit ist mein Herz, O GOtt! bereit ist mein Herz. HErr! was wilst,
daß ich thun solle? HErr! was wilst,
daß ich leiden solle? HErr! was wilst,
daß mit mir geschehe?

Ich bitte dich, O HErr! du wollest
diese meine Ergebenheit in deinem Willen
gnädiglich ansehen, und meinen wider-
spenstigen Willen gänzlich zu dir ziehen.

Es reuet mich, und reuet mich aus
ganzem Herzen, daß ich dich meinen GOtt
beleidiget habe: weil du unendlich gut bist,
weil du unendlich heilig, die Liebe selbst, und
mein GOtt bist. Ich

Ich bitte dich, O HErr! es wolle der feurige und süsse Gewalt deiner Liebe in meinem Gemüt gänzlich vertilgen alles, was irdisch ist, auf daß ich aus Liebe deiner lebe, und auch aus Liebe deiner sterbe, der du aus Liebe meiner dich gewürdiget hast als Mensch zu leben und zu sterben.

O HErr JEsu Christe! in Ansehen jener Bitterkeit, so du für mich hast ausgestanden; besonders zu jener Stunde, da deine edleste Seele aus deinem gebenedeyten Leibe ist abgeschieden, bitte ich dich, erbarme dich meiner armen Seele in ihrem Hinscheiden, und führe sie alsdann in das ewige Leben, Amen.

Erlöse mich, O HErr! von dem gähen, und unversehenen Tode, nach deiner großen Barmherzigkeit.

Erlöse mich, O HErr! in meinem Hinscheiden von dem bösen Tode, nach deiner großen 2c.

Erlöse mich, O HErr! in meinem Tode, von aller Sünde, nach deiner 2c.

C 5 Er-

Erlöse mich, O HErr! in meinem
Tode von allen Nachstellungen des bösen
Feindes, nach deiner ꝛc.

Erlöse mich, O HErr! in meinem
Tode von aller Furcht und Schröcken,
nach deiner ꝛc.

Erlöse mich, O HErr! in meinem
Tode von allen Mißtrauen, und Anfechtung der Verzweiflung, nach deiner ꝛc.

Erlöse mich, O HErr! in meinem
Tode von dem Geist des Frevels, und
Hochmuth, nach deiner ꝛc.

Erlöse mich, O HErr! in meinem
Tode von Verstockung des Herzens, nach
deiner ꝛc.

Erlöse mich, O HErr! in meinem
Tode von deinem Zorn, nach deiner ꝛc.

Erlöse mich, O HErr! in meinem
Tode von dem Gewalt des bösen Feindes,
nach deiner ꝛc.

Erlöse mich, O HErr! in meinem
Tode von den Peinen der Hölle, nach
deiner ꝛc.

Erlöse mich, O HErr in meinem Tode
von allen Anreizungen der Welt, des
Fleisches und Blutes, nach deiner ꝛc.

Ver-

Verleihe mir, O HErr! in meinem Tode, die Empfahung der heiligen Sacramenten, nach deiner ꝛc.

Verleihe mir, O HErr! in meinem Tode die Völle deiner göttlichen Gnade, nach deiner ꝛc.

Verleihe mir, O HErr! in meinem Tode eine vollkommene Reu und Leid, nach deiner ꝛc.

Verleihe mir, O HErr! in meinem Tode eine steife Hoffnung, und vesten Glauben, nach deiner ꝛc.

Verleihe mir, O HErr! in meinem Tode eine brinnende Liebe, nach deiner ꝛc.

Verleihe mir, O HErr! in meinem Tode Gedult in allen Schmerzen, nach deiner ꝛc.

Verleihe mir, O HErr! in meinem Tode eine Stärke wider alle teuflische Anfälle, nach deiner ꝛc.

Verleihe mir, O HErr! in meinem Tode eine vollkommene Ergebenheit meines Willen in dem göttlichen, nach deiner ꝛc.

Verleihe mir, O HErr! in meinem Tode eine inbrünstige Begierde dich, meinen GOtt, zu sehen, nach deiner ꝛc.

Ver-

Verleihe mir, O HErr! in meinem Tode den Schutz deiner gebenedeyten Mutter, und Jungfrau Maria, den Beystand aller Engeln, und Fürbitt aller Heiligen, nach deiner ꝛc.

Verleihe mir, O HErr! in meinem Tode der Priestern Gebet und Hülf, nach deiner ꝛc.

O HErr JEsu Christe, du Sohn des lebendigen GOttes! durch deine heilige Menschwerdung, verschone meinen Sünden, und mach mich selig.

Durch deine heilige Geburt, verschone meinen Sünden, und ꝛc.

Durch deine heilige Tauf und Fasten, verschone ꝛc.

Durch dein heiliges und mühesames Leben, verschone ꝛc.

Durch deinen Hunger, Durst und Wachen, verschone ꝛc.

Durch dein Aufrufen und Seufzen, verschone ꝛc.

Durch deine bittere Zäher, verschone ꝛc.

Durch das Zittern und Schmerzen deines Herzens, verschone ꝛc.

Durch deinen blutigen Schweiß, verschone ꝛc.   Durch

Durch die Zusammenbindung deiner Hände, verschone 2c.

Durch deine Verschmähungen, Backenstreich und Verspottungen, verschone 2c.

Durch deine schmerzliche Geiselstreich, verschone 2c.

Durch deine dörnerne Crone, verschone 2c.

Durch deine heilige Blutvergießung, verschone 2c.

Durch dein heiliges Kreuz und Leiden, verschone 2c.

Durch die bittere Gall und Eßig, so du verkostet hast, verschone 2c.

Durch deine heilige fünf Wunden, verschone 2c.

Durch deine heilige Todangst, verschone 2c.

Durch deine Heiligste Seele, die von dir in die Hände des Vaters anbefohlen, und zur Erlösung der Welt von dem Leibe ist abgesondert worden, verschone 2c.

Durch deinen heiligen Tode und Begräbniß, verschone 2c.

GOtt Vater vom Himmel, lasse sterben meine Seele des Todes der Gerechten.

GOtt

GOtt Sohn Erlöser der Welt, laſſe
ſterben ꝛc.

GOtt Heiliger Geiſt, laſſe ſterben ꝛc.

Heilige Dreyfaltigkeit einiger GOtt,
laſſe ſterben ꝛc.

Durch das Innerſte deiner Barmherzigkeit, laſſe ſterben ꝛc.

Durch die Verdienſte und Fürbitt
der heiligen Jungfrau und Mutter Maria, laſſe ſterben ꝛc.

Durch die Fürbitt aller heiligen Engeln und Erzengeln, laſſe ſterben ꝛc.

Durch die Verdienſte und Fürbitt deren heiligen Martyrer, laſſe ſterben ꝛc.

Durch die Verdienſte und Fürbitt
aller Heiligen Biſchöfe und Beichtiger,
laſſe ſterben ꝛc.

Durch die Verdienſte und Fürbitt aller heiligen Lehrer, laſſe ſterben ꝛc.

Durch die Verdienſte und Fürbitt aller heiligen Mönche und Einſiedler, laſſe
ſterben ꝛc.

Durch die Verdienſte und Fürbitt aller heiligen Prieſter und Leviten, laſſe
ſterben ꝛc.

Durch die Verdienſte und Fürbitt aller heiligen Jungfrauen, und Wittfrau-
en, laſſe ſterben ꝛc.   Hei-

Heiliger Michael! mein Heil. Schutz-engel! alle heilige Engel und Erz-engel! und ihr meine selige Schutzheilige N.N. schützet mich in dem lezten Streit, auf daß ich in dem erschröcklichen Gericht nicht zu Grunde gehe.

Sonderlich aber du, O Mutter GOt-tes, und Jungfrau Maria! du wun-derbarliche Mutter, du Trösterin deren Betrübten, und Königin aller Heiligen, bitte für mich, auf daß mein Geist ohne Mackel und Strafe der Sünde verdiene von denen heiligen Engeln aufgenommen, und in das himmlische Vaterland ein-geführet zu werden,
Amen. Amen. Amen.

Uebung Christlicher
Haupttugenden, in dem Tod-bethe zu erwecken.

Uebung des Glaubens.

Ich glaube in den wahren, lebendigen GOtt, dreyfach in Personen, ein-fach

fach in der Gottheit. Ich glaube in
GOtt Vater, der mich erschaffen hat: in
GOtt Sohn, der mich erlöset hat: in
GOtt den Heiligen Geist, der mich durch
seine Gnade heiliget. Ich glaube, und
bekenne jenen heiligen Glauben, welchen
JEsus Christus gelehret; die Aposteln
geprediget; die heilige römisch-katholische
Kirche haltet und bekennet. In diesem
heiligen, allein seligmachenden Glauben
betheure, und schwöre ich, zu leben, und
zu sterben, aus Ursache: weilen GOtt,
der die ewige und unbetriegliche Weiß-
und Wahrheit ist, selben geoffenbahret
hat.

Hoffnung.

Jch hoffe, und vertraue auf deine unendliche Güte und Barmherzigkeit,
O GOtt! du einziger und allmächtigster
Helfer aller meiner Leibes und der Seele
Bedürftigkeit! ich hoffe auch, und vertraue auf das kostbareste Blut meines Heilandes JEsu Christi, daß du mir verzeihen werdest, alle und jede durch mein
ganzes Leben begangene Sünden, und
er-

ertheilen das ewige Himmelsleben, aus
Ursache: weil du es versprochen hast,
treu und auch mächtig bist alles zu halten, was du versprochen.

Liebe.

Ich liebe dich, o liebwerthester Gott!
du höchstes unendliches Gut, und
Abgrund aller Vollkommenheit. Ich liebe dich über alles; allein aus Ursache,
deiner unendlichen Güte: Weil du bist,
der du bist, würdigst aller möglichen
Liebe und Ehre. O daß ich dich mit jener inbrünstigen Liebe könnte lieben, mit
welcher dich alle Auserwählte und Engel in dem Himmel lieben, und in Ewigkeit lieben werden, und können; mit aller deren inbrünstigsten Liebe ich meine
unvollkommneste Liebe vereinige.

Vollkommene Reu und Leid.

Aus dieser reinesten Liebe bereue ich
von Herzen, mit größtem Abscheu
und Grausen, und verwerfe alle und jede Sünden meines ganzen Lebens; o

D   daß

daß ich solche niemals begangen hätte! ich will lieber alles leiden, und auch sterben, als dich, o allerliebster Gott! hinführo mit einiger Sünd, sonderbar mit einer Todsünd beleidigen.

Begierd zu empfangen die heilige Sakramenten.

Ich verlange, o Gott! und nehme mir kräftiglich vor, mittelst deiner Gnade, mit möglichster Andacht öfters zu empfangen die heilige Sakramenten der Buß, und des Fronleichnams Jesu Christi, besonders aber in der Stund meines Todes. Dieses verleihe mir, o Gott! durch das Blut und Tod Jesu Christi unsers Herrn, Amen.

Monatliche
Zubereitung
zu einem
glückseligen Tode.

Mache Richtigkeit mit deinem Hause: denn du wirst sterben. *Isaiæ* 38. *v. I.*

Vorrede.

Nichts ist so tauglich einen Christen zu einem frommen Leben anzutreiben, als die öftere Erinnerung des unausbleiblichen Todes. Diese verursachet, daß man sein Gemüth von der eiteln Welt abziehe, und selbiges auf die Ewigkeit wende, in welche uns der Tod einführet. Zu diesem En-

de

de wird allhier vorgetragen eine monatliche Zubereitung zu einem glückseligen Tod, welche von denenjenigen soll verrichtet werden, welche fromm zu leben und glücklich zu sterben verlangen: sie ist eingerichtet nach heilsamen Rath geschickter Seelsorger, und löblichen Gebrauch vieler frommen Christen. So folge denn jener Rath, und deren Beyspiele, wenn du verlangest fromm zu leben, und glückselig zu sterben.

Un=

Unterricht

für die monatliche Zubereitung zu einem glückseligen Tode.

Zu dieser Zubereitung bestimme dir alle Monate einen gewissen Tag, welcher füglich der erste Sonntag des Monats seyn könnte, an welchem du wegen der General-Communion vollkommenen Ablaß gewinnen mögest. An diesem Tage beobachte folgende Dinge:

Erstlich: Opfere deinem Gott durch besondere Meynung diese Zubereitung sowohl an dem Vorabend, als in der Frühe des bestimmten Tages: mache darauf ein kurzes Bedenken von dem unausbleiblichen Tode.

A 3   Zwey-

Zweytens: Beichte deine Sünden
also vollkommen, als wenn du gleich
sterben solltest, und empfange darauf das Heil. Sakrament des Altars, als die letzte Wegzehrung in
die Ewigkeit. Erinnere dich auch
zur bestimmten Zeit der letzten Oelung.

Drittens: Besuche unter Tags
fünfmal das heilige Altarsakra-
ment: oder wirf dich so oft auf
die Knie in deinem Zimmer vor dem
Bildnisse des Gekreuzigten nieder. Erinnere dich jedesmal eines schmerzhaften Geheimnisses des Leiden Christi.
Erwecke einige aus jenen Tugenden,
welche ein guter Christ auf dem Todbette erwecken soll: bitte auch dabey
um einen glückseligen Tod.

Diese monatliche Zubereitung wird
verursachen, daß du bey herzunahen-
dem Tode jene Tugenden leichter
üben mögest, welche von einem sterbenden Christen zur Erlangung seines ewigen Heils erfodert werden.

Or-

Ordnung

Der Uebungen am Tage der Zubereitung.

Damit du die Uebungen dieser
monatlichen Zubereitung recht
verrichten mögest, theile sie aus
in gewisse Stunden des Tags,
wie es dein Stand, und tägliche
Geschäffte zulassen werden; dieses könnte auf folgende Weise
geschehen:

In der Frühe mache die nach-
gesezte Meynung, und bald darauf das Bedenken über den Tod.
Nach dem Bedenken bereite dich
zur Beicht, und heiligen Kom-
munion: nach dieser erwecke die
Uebungen der ersten, und vor
dem Mittagmahl die Uebungen der
zweyten Besuchung. Eine Stunde
nach dem Mittagmahl erwecke die
Uebungen der dritten, und gegen
vier Uhr die Uebungen der vierten Besuchung: nach dieser lese
das 23. Kapitel aus dem ersten
Buch Thomä von Kempen; vor

A 4   dem

dem Tod, und darauf erinnere
dich der letzten Oelung. Vor dem
Abendmal erwecke die Uebungen
der fünften Besuchung, und darnach die Meynung christlich zu
sterben. Endlich bevor du schlafen gehest, verrichte die Befeh-
lung deiner Seele in die Hände des
gekreuzigten Jesu.

Meynung
zur monatlichen Zubereitung.

Allmächtiger ewiger Gott ich armer Sünder wohl wissend, daß
ich sterben werde, aber unwissend der
Stunde meines Todes, werfe mich nieder vor dem Thron deiner göttlichen
Majestät, und betheure vor dem ganzen himmlischen Heer, daß ich sterben wolle in der Dienstbarkeit meines Schöpfers, unter dem Gehorsam
deiner Gebote, in dem wahren katholischen, und allein seligmachenden
Glauben. Im übrigen anbelangend
die Ursache, die Weise, die Zeit, und
andere Umstände meines Todes, ergebe ich mich gänzlich deinem aller-
hei-

heiligſten Willen; und weil ich nicht
weiß: ob ich in der letzten Stunde jene
Dinge werde verrichten können, welche von einem Chriſten erfordert werden, derohalben bitte ich deine unendliche Güte, du wolleſt alle Uebungen, die ich anheute verrichten
werde, alſo aufnehmen, als wann
ich ſelbe in der Stunde meines Tods
verrichtet hätte, durch Jeſum Chri-
ſtum unſern Herrn. Amen.

Monatliches Bedenken
von dem Tod.

Erſtens. Bedenke wohl, der Tod
ſey unausbleiblich. Du wirſt
ſterben müſſen, gleichwie ſo viel andere geſtorben ſind, die vor dir gelebt haben. Das lerneſt du aus täglicher Erfahrung: indem du ſieheſt
ſo viele Menſchen täglich dahin ſterben, die du gar wohl gekennet haſt.
Dieſes iſt auch die Verordnung Gottes, der alle Menſchen zum Tode verurtheilet hat. Ergieb dich derowegen demüthig dem Willen Gottes:
Nimm an den Tod aus göttlicher

Ver-

Verordnung, als eine wohlverdiente Strafe deiner Sünden, und bitte Gott durch den heiligen Tod seines Sohns Jesu: er wolle dich nicht verlassen in der Stunde deines Todes.

Zweytens. Bedenke wohl: die Zeit, der Ort, und die Ursach deines Tods seye dir unbewußt. Du weißt nicht wann? wo? oder aus was Ursache du sterben werdest? vielleicht ist dieses der letzte Monat deines Lebens? vielleicht stirbst du dahin jäh, und unversehens, wie es täglich so vielen ändern widerfährt? ergieb dich derowegen abermal deinem Gott, auch anbelangend alle Umstände deines Todes. Bitte um die Gnade, dein Leben ihm also hingeben zu können; wie es seine weiseste Anordnung, und deine schuldigste Unterthänigkeit von dir erfordern.

Drittens. Bedenke wohl: der Tod sey der Hintritt in die glückselige oder unglückselige Ewigkeit. Stirbst du in einer einzigen ungebüßten Todsünde, so bist du ewig verloren. Derowegen erforsche dich: ob du nicht in einem gefährlichen Stande deiner Seele seyest?

est? findest du dieses/ so setze alsobald dein Gewissen in Sicherheit, mittelst einer vollkommenen Beicht, damit du nicht ewig zu Grunde gehest/ wenn der Tod dich jäh überfallen sollte. Bitte zum Schluß den barmherzigsten Gott, auf daß du in seiner Gnade allzeit leben/ und endlich sterben mögest.

Vom monatlichen Gebrauch des H. Sakraments der Buß/ gleich einem Sterbenden.

Verrichte eine aufrichtige Beicht, mit so vollkommener Reu/ und Leid über alle deine Sünden/ mit so steifen Fürsatz dein Leben zu bessern/ als wenn diese die letzte Gelegenheit wäre/ mittelst der Buß deine Seele in dem kostbarsten Blut Jesu zu waschen/ und dich seiner unendlichen Verdienste theilhafftig zu machen. Entledige auch/ so viel dir möglich/ dein Gewissen mit Hilf deines Seelsorgers von allen Zweifeln/ und Aengstigkeiten/ welche dir auf dem
Tod-

Todbette einige Unruhe verursachen könten.

Von der monatlichen Em-pfangung des heiligen Sakrament des Altars.

Das heilige Sakrament des Al-tars empfange als die letzte Wegzehrung, mit welcher du in die Ewigkeit abreisen sollest. Nachdem du selbiges andächtig empfangen hast, bete an deinen eingefleischten Gott: sage ihm Dank für alle erwiesene Gnaden durch die Zeit deines Lebens: bitte um Verzeihung, daß du bishe-ro dein Leben so übel habest zuge-bracht: zeige dich bereit selbiges zu en-digen nach Anordnung Gottes, und zur Strafe deiner Sünden. Endlich befehle deinen Geist in die Hände des gekreuzigten Jesu, und unter den Schutz seiner liebreichen Mutter Ma-ria, aller Engel, und aller deiner Schutzheiligen. Vor und darnach kannst du auch beten folgende Ge-beter.

Gebet
Vor der letzten Kommunion, oder Wegzehrung.

Herr Jesu Christe! ich werfe mich nieder vor deinem Angesicht, und bete dich demüthig an, den ich als wahren Gott und Mensch unter der Gestalt des Brods allhier gegenwärtig glaube, und bekenne. Ich verlange dich inbrünstig zu empfangen in mein Herz: komme zu mir du Speis der Engel, du Brod des ewigen Lebens, und nimm Besitz von meiner Seele in alle Ewigkeit. Ich will nicht mehr leben ohne dich. An dich glaube ich: auf dich hoffe ich: dich liebe ich über alles, o mein Jesu! und rufe mit reumüthigem Herzen: Herr ich bin nicht würdig, daß du unter mein Dach eingehest: sprich nur ein Wort, so wird gesund meine Seele.

In würklicher Geniesung des Hochwürdigen.

Der zarte Fronleichnam Jesu Christi sey mir nützlich, und heilsam zu dem ewigen Leben. Amen.

Ge-

Gebet.
Nach der H. Kommunion.

O Seele Christi heilige mich!
O Leib Christi heile mich!
O Blut Christi tränke mich!
O Wasser der Seiten Christi wasche
  mich!
O Marter Christi stärke mich!
O gütiger Jesu erhöre mich!
In deine Wunden berge mich!
Laß nicht von dir absondern mich!
Vom bösen Feind beschirme mich!
Zur Stund des Tods berufe mich!
Zu dir in Himmel führe mich!
Daß ich dort möge loben dich!
Mit deinen Heiligen ewiglich.

Lobgesang
SIMEONIS.

Nun laß, o Herr! nach deinem
  Wort deinen Diener in Frieden
  fahren,
Denn meine Augen haben gesehen
  deinen Heiland,
Welchen du bereitet hast vor allen
  Völkern,

Ein

Ein Licht zu Erleuchtung der Heiden,
und zum Preis deines Volks Is-
rael,

Ehre sey dem Vater, und dem Sohn,
und dem Heil. Geist, als er war
im Anfang jetzt, und zu ewigen
Zeiten. Amen.

Heilige Maria! H. Michael! mein
Heil. Schutzengel! alle heilige Engel,
und Ertzengel! heiliger Joseph! alle
meine Schutzheilige sammt dem ganzen himmlischen Heer lobet und dan-
ket für mich kranken und armen Sünder! Gott dem Vater, der mich erschaffen, Gott dem Sohn, der mich
erlöset, und mit seinem Fleisch und
Blut anjetzo gespeiset hat, Gott dem
H. Geist, der mich so oft durch seine
Gnade geheiliget hat. Amen.

Meynung
zur monatlichen Zubereitung, am Vor-
abend und in der Frühe.

Allmächtiger, ewiger Gott! ich armer Sünder wohl wissend, daß
ich sterben werde, aber unwissend der
Stunde meines Todes, werfe mich
nie-

nieder vor dem Throne deiner göttlichen Majestät, und betheure vor dem ganzen himmlischen Heer, daß ich sterben wolle in der Dienstbarkeit meines Schöpfers, unter dem Gehorsam deiner Gebote, in dem wahren katholischen allein seligmachenden Glauben. Im übrigen anlangend die Ursache, die Weise, die Zeit, und andere Umstände meines Todes, ergebe ich mich gänzlich deinem allerheiligsten Willen; und weil ich nicht weis: ob ich in der letzten Stunde jene Dinge werde verrichten können, welche von einem Christen erfodert werden, derohalben bitte ich deine unendliche Güte, du wollest alle Uebungen, die ich anheute verrichten werde, also aufnehmen, als wenn ich selbige in der Stunde meines Todes verrichtet hätte, durch Jesum Christum unsern Herrn. Amen.

Monatliches Bedenken
von dem Tode.

Erstens. Bedenke: der Tod sey unausbleiblich. Du wirst sterben müssen, gleichwie so viele andere gestorben sind, die vor dir gelebt haben. Das lernest du aus täglicher Erfahrung: indem du siehest so viele Menschen täglich dahin sterben, die du gar wohl gekannt hast. Dieses ist auch die Verordnung Gottes, welche alle Menschen zum Tode verurtheilet hat. Ergieb dich derowegen demüthig dem Willen Gottes. Nimm an den Tod aus göttlicher Verordnung, als eine wohlverdiente Strafe deiner Sünden, und bitte Gott durch den heiligen Tod seines Sohnes Jesu, er wolle dich nicht verlassen in der Stunde deines Todes.

Zweytens. Bedenke: die Zeit, den Ort und die Ursache deines Todes seyen dir unbewußt. Du weißt nicht wenn? wo? oder aus was Ursache du sterben werdest? Vielleicht ist dieses das letzte Monat deines Lebens? Vielleicht stirbst du dahin jäh, und unversehens, wie es täglich so vielen andern wiederfährt? Ergieb dich derowegen abermal deinem Gott, auch anbelangend alle Umstände deines Todes. Bitte um

B   die

die Gnade, dein Leben ihm also
hingeben zu können, wie es seine
weiseste Anordnung, und deine schul=
digste Unterthänigkeit von dir erfo=
dern.

Drittens. Bendenke: der Tod sey
der Hintritt in die glück= oder un=
glückselige Ewigkeit. Stirbst du in
einer einzigen Todsünde, so bist du
ewig verlohren. Derowegen erfor=
sche dich: ob du nicht in einem ge=
fährlichen Stande deiner Seele seyest?
findest du dieses, so setze alsobald
dein Gewissen in Sicherheit, mit=
tels einer vollkommenen Beicht,
damit du nicht ewig zu Grund ge=
hest, wenn der Tod dich gäh über=
fallen sollte. Bitte zum Schluß
den barmherzigsten Gott, auf daß
du in seiner Gnade allezeit leben,
und sterben mögest.

Tugend=Uebungen,
durch deren Erweckung man sich
monatlich zum Tode bereiten soll.

Christliche Tugendübungen, wel=
che von einem Sterbenden zu
erwecken, sind folgende: Demüthige
An=

Anbetung Gottes. Lebhafter Glaube. Feste Hoffnung. Inbrünstige Liebe Gottes und des Nächstens, Vollkommene Reue aller Sünden. Steifer Fürsaß. Demüthige Abbittung. Begierde zu empfangen die heilige Sakramenten. Danksagung für alle empfangene Gnaden. Aufopferung seiner selbst. Ergebung in den göttlichen Willen. Verlangen des Himmels. Anrufung Jesu, Mariä, aller Engel, und Heiligen Gottes. Alle diese erwecke fünfmal, mit Verehrung der fünf schmerzhaften Geheimnisse des Leidens Christi, wie folget:

Erste Besuchung.

Verehrung der bittern Angst, und Blutschwißung Christi an dem Oelberge.

In der ersten Besuchung des Allerheiligsten Sakrament des Altars, oder in deiner Behausung vor dem Bildniße des gekreuzigten Heilandes, erinnere dich des ersten schmerzhaften Geheimnißes, nämlich: der bittern Angst, und

B 2   Blute

Blutschwitzung Jesu an dem Oelberge. Erwecke erstens eine de-
mütige Anbetung Gottes, welche du in jedweder Besuchung
wiederholen wirst, darauf einen
lebhaften Glauben, Hofnung,
Liebe Gottes, und des Nächsten.
Schließe sowohl diese, als die übrigen Besuchungen mit dem Gebe-
te um einen glückseligen Tod.

Anbetung.

Allmächtiger Gott! ich armseliges
Geschöpf werfe mich vor dem
Throne deiner unendlichen Majestät
in den Abgrund meines Nichts, aus
welchem du mich heraus gezogen: und
bete dich an mit tiefester Demuth,
der du bist mein Alles im Himmel,
und auf Erden. Ich bete auch an
Jesum Christum deinen Sohn, und
meinen Heiland, der für mich an
dem Oelberge in der bittern Angst
Blut geschwitzet hat.

Glaube.

Ich glaube an dich, meinen wahren, lebendigen Gott, dreyfach
in

in Perſonen, einfach in der Gottheit. Ich glaube an Gott Vater,
der mich erschaffen hat, an Gott
Sohn der mich erlöſet hat, an Gott
den heiligen Geiſt, der mich durch
ſeine Gnade heiliget. Ich glaube
veſtiglich, und bekenne jenen heiligen Glauben, welchen Jeſus Chriſtus gelehret, die Apoſtel geprediget, und die heilige römiſche ka-
tholiſche Kirche hält und bekennet.
In, und für dieſen heiligen, allein
ſeligmachenden Glauben betheure,
und ſchwöre ich zu leben, und zu
ſterben, aus Urſache: weil du, o
Gott! der du die ewige, und unbe-
trügliche Weis- und Wahrheit biſt,
ſelbigen geoffenbaret haſt.

Hofnung.

Ich hoffe, und vertraue auf deine
unendliche Güte, und Barmherzigkeit, o Gott! du einziger und
mächtigſter Helfer aller meiner Leibes-
und Seelen Bedürftigkeit. Ich hoffe
auch, und vertraue auf das koſtba-
re Blut meines Heilandes Jeſu
Chriſti, daß du mir verzeihen wer-

B 3

deſt

deſt alle und jede durch mein ganzes
Leben begangene Sünden, und mittels eines glückſeligen Todes, ertheilen das ewige Himmelsleben, aus
Urſache: weil du es verſprochen haſt,
treu und auch mächtig biſt, alles
zu halten, was du verſprochen. Ich
betheure auch, und ſchwöre, mittels
deiner Gnade, in dieſer ſteifen
Hoffnung allezeit zu leben, und zu
ſterben.

Liebe Gottes.

Jch liebe dich über alles, o liebwerthester Gott! du höchstes,
und unendliches Gut, und Abgrund
aller Vollkommenheit. Ich liebe
dich allein aus Urſache deiner unendlichen Güte: weil du biſt, der
du biſt, würdigſt aller möglichen
Liebe und Ehre. O! daß ich dich
mit jener inbrünſtigen Liebe könnte
lieben, mit welcher dich lieben, und
in Ewigkeit lieben werden, und können alle Engel und Auserwählte im
Himmel, mit aller deren inbrünſtig-
ſten Liebe, ich meine unvollkommen-
ſte Liebe vereinige. Zum Zeugniße
Die-

dieser meiner aufrichtigen Liebe bin
ich bereit zu sterben alle Augenblicke.

Liebe des Nächsten.

Jch liebe auch aus ganzem Herzen, aus allen Kräften, und
aus Liebe deiner alle, und jede
Menschen? ich liebe sie, wie mich
selbst, aus Ursache; weil sie dein
Ebenbild sind, erlöset durch das kostbare Blut deines Sohnes Jesu Christi, und weil du willst, daß ich selbige also lieben soll. Derowegen verzeihe ich gern, und von Herzen allen
denen die mich beleidiget haben,
gleichwie ich verlange, daß du mir,
o Gott! alle meine Sünden gnädigst verzeihen sollest? ich bitte dich
auch; du wollest mir und ihnen allhier deine Gnade, uud einstens verleihen das ewige Leben im Himmel.

Gebet
um einen glückseligen Tod.

Schlüßlich bitte ich dich durch die
bittere Angst, und Blutschwi-
zung Christi Jesu an dem Oelberge, und sonderlich durch jene Bit-

ter-

terkeit, welche seine allerheiligste
Seele ausgestanden hat, da sie von
dem gebenedeyten Leibe ist abgeschieden: erbarme dich meiner armen
Seele, wenn sie wird abscheiden
von diesem sterblichen Leibe, und
führe sie alsdenn in das ewige Leben, durch eben denselben Jesum
Christum unsern Herrn, Amen.
Vater unser. Ave Maria, ꝛc.

Zweyte Besuchung.

Verehrung der schmerzvollen Geißlung
Christi.

In der zweyten Besuchung erinnere dich des zweyten schmerzhaften Geheimnißes, nehmlich: der
grausamen Geißlung Christi, und
erwecke dabey die Uebung einer
vollkommenen Reue deiner Sünden, steifen Fürsatz, demüthige
Abbittung, und Begierde zu empfangen die heiligen Sakramente.

Anbetung.

Barmherzigster Gott! ich werfe mich
vor dem Throne deiner unend-

li-

lichen Majestät in die Tiefe meines
Nichts, aus welchem du mich herausgezogen, und bete dich an mit tiefester Demuth, der du bist mein Alles im Himmel und auf Erden. Ich
bete auch an Jesum Christum deinen
Sohn, und meinen Heiland, der
für mich so schmerzlich ist gegeißelt
worden.

Vollkommene Reue.

Ich erkenne, und bekenne meine so
viele und schwere Sünden, mit
welchen ich dich beleidiget habe. Ich
bereue selbige von Herzen aus Liebe deiner, und verwerfe sie mit größtem
Abscheu, und Graußen, allein darum: weil sie dir mißfallen, einem
so guten und liebwertheften Gott. O
daß ich sie also bereuen könnte, wie
ihre Sünden bereuet haben so viele
heilige Büßer, und Büßerinen und
also hassen, wie du selbst selbige haffest,
und verwirfst.

Steifer Fürsatz.

Könnte ich mein Leben wiederum anfangen, welches ich vielleicht bald

B 5   en-

endigen werde, so wollte ich um kein
Ding der Welt mehr sündigen wider
meinen Gott. Ich will lieber alles
leiden, und auch sterben, als dich,
o allerliebster Gott! hinführo mit einer Sünde, sonderbar, mit einer
Todsünde, beleidigen.

Abbittung.

Derohalben bitte ich deine uner-
messene Güte und Barmherzigkeit, du wollest mir verzeihen alle
und jede Sünden meines ganzen Lebens. Wasche sie ab, o Herr! mit dem
theuren Blute deines Sohns Jesu
Christi, und handle mit mir nicht
nach der Strenge deiner Gerechtigkeit, sondern nach der Menge deiner Erbarmnisse und unendlichen
Güte.

Begierde zu empfangen die Heil. Sakra-
mente.

Ich verlange o Gott! und nehme
mir kräftiglich vor, mittels deiner Gnade, mit möglichster Andacht
zu empfangen die heiligen Sakramen-

te

te der Buße, und des Fronleich=
nams Jesu Christi sowohl im Leben,
als besonders in der Stunde meines
Todes. Dieses zu erlangen bitte ich
dich durch das Blut Jesu Christi
unsers Herrn.

Gebet um einen glückseligen Tod.

Endlich bitte ich dich auch durch die
schmerzvolle Geißlung Jesu Chri=
sti, und sonderlich durch jene Bitter=
keit, welche hat ausgestanden seine
allerheiligste Seele, da sie von dem
gebenedeyten Leib ist abgeschieden. Er=
barme dich meiner armen Seele,
wenn sie wird abscheiden von diesem
sterblichen Leibe, und führe sie als=
denn in das ewige Leben, durch eben
denselben Jesum Christum unsern
Herrn Amen.

Vater unser, Ave Maria.

Dritte Besuchung.

Verehrung der schmerzvollen Krönung
Christi.

In der dritten Besuchung erinne=
re dich des dritten schmerzhaf=
ten

ten Geheimnißes, nehmlich: der
schmerzvollen Krönung Christi,
und erwecke dabey die Uebung der
Danksagung und Aufopferung.

Anbetung.

Freygebigster Gott! ich werfe mich
vor den Thron deiner unendlichen
Majestät in den Abgrund meines
Nichts, aus welchem du mich herausgezogen, und bete dich an mit tiefster Demuth, der du bist mein Alles
im Himmel, und auf Erden. Ich
bete auch an Jesum Christum deinen
Sohn, und meinen Heiland, der
für mich mit Dörnern schmerzlich ist
gekrönet worden.

Danksagung.

Ich danke dir, o Gott! für alle
Gaben und Gnaden, die du mir
bishero gnädigst ertheilet hast. Insonderheit danke ich dir; daß du mich
unwürdigen Menschen nach deinem
Bildnße aus nichts erschaffen, durch
dein Leiden, Blut und Tod von der
Hölle erlöset, bis auf diesen Augenblick das Leben gefristet, das Licht
des

des wahren Glauben ertheilet, die heiligen Sakramente zu meinem Heil eingesetzet, mittels der heiligen Buße so oft gereiniget, mit dem Fleisch und Blut so oft gespeiset, aus so vielen Gefahren der Seelen und des Leibes errettet, und in mancherley Versuchungen, Angst, und schweren Anliegen mir so treulich bist beygestanden.

Aufopferung.

Zum schuldigsten Dank opfere ich dir alle Danksagungen, welche dir jemals dein Sohn Jesus, Maria, und alle Auserwählten entrichtet haben. Ich opfere dir auch mein ganzes Leben, mein Kreuz und Leiden, und insonderheit die mir bevorstehende Todesangst und Tod. Diese vereinige ich mit der bittern Todangst und Tode Christi Jesu, und bitte: du wollest alles aufnehmen zur Strafe meiner Sünden, wegen welcher ich den Tod so oft verdienet habe: zur Herstellung deiner Ehre, die ich durch meine Laster so schwer verletzet: zum Zeugniß meiner Liebe und Begierde ewig

ewig bey dir zu seyn, welches ich
hoffe durch die Verdienste Jesu, und
durch die Fürbitte Maria.

Gebet um einen glückseligen Tod.

Derowegen bitte ich dich abermal
durch die schmerzvolle Krönung
Christi Jesu, und sonderlich durch
jene Bitterkeit, welche hat ausgestanden seine allerheiligste Seele, da
sie von dem gebenedeyten Leibe abgeschieden ist: erbarme dich meiner
armen Seele, wenn sie wird abscheiden von diesem sterblichen Leibe, und
führe sie alsdenn in das ewige Leben,
durch eben denselben Jesum Christum
unsern Herrn, Amen.

Vater unser, Ave Maria, ꝛc.

Vierte Besuchung.

Verehrung der schmerzvollen Kreuztragung
Christi.

In der vierten Besuchung erinnere dich des vierten schmerzhaften Geheimniß es, nämlich: der
schmerzvollen Kreuztragung Jesu,
und erwecke dabey die Uebung
gänz-

gänzlicher Ergebung in den Willen Gottes.

Anbetung.

Allerweisester Gott! ich werfe mich vor dem Throne deiner unendlichen Majestät in den Abgrund meines Nichts, aus welchem du mich herausgezogen, und bete dich an mit tiefster Demuth, der du bist mein alles im Himmel und auf Erden. Ich bete auch an Jesum Christum deinen Sohn, und meinen Heiland, der für mich das schwere Kreuz getragen hat.

Ergebung in den Willen Gottes.

Ich ergebe mich gänzlich deinem heiligsten Willen, o Gott! dir gehöre ich aus tausend Ursachen: darum überlaße ich mich völlig den weisesten Verordnungen deiner göttlichen Vorsichtigkeit. Ich nehme an den mir bevorstehenden Tod, samt aller Angst und Schmerzen, von deiner väterlichen Hand. Ich will gern alles leiden, und auch sterben, wie, und wenn es dir gefällig. Nimm auf

auf, O Herr! alle meine Schmerzen und Betrübnißen, und insonderheit meine letzte Todesangst, samt dem
bittern Tode, zum Zeugniße meines demüthigen Gehorsams, und
vollkommener Ergebung in deinen allerheiligsten Willen.

Gebet um einen glückseligen Tod.

Schlüßlich bitte ich dich abermal
durch die schmerzvolle Kreuztragung Jesu Christi, und sonderlich
durch jene Bitterkeit, welche hat ausgestanden seine allerheiligste Seele,
da sie von dem gebenedeyten Leibe ist
abgeschieden: erbarme dich meiner
armen Seele, wenn sie wird abscheiden von diesem sterblichen Leibe, und
führe sie alsdenn in das ewige Leben, durch eben denselben Jesum
Christum unsern Herrn, Amen.
Vater unser, Ave Maria. rc.

Fünfte Besuchung.
Verehrung der schmerzvollen Kreuziehung und Tod Christi.

In der fünften Besuchung erinnere dich des fünften schmerz-
haf-

haften Geheimniß, nämlich: der
schmerzvollen Kreuzigung, und
Tod Christi, erwecke dabey ein
Verlangen des Himmels, die Anrufung Mariä, aller heiligen Engel und Auserwählten.

Anbetung.

Ewiger Gott! ich werfe mich vor
dem Throne deiner unendlichen
Majestät in den Abgrund meines
Nichts, aus welchem du mich herausgezogen; ich bete dich an mit tiefester
Demuth, der du bist mein Alles im
Himmel, und auf Erden. Ich bete
auch an Jesum Christum deinen Sohn
und meinen Heiland, der für mich so
schmerzlich ist gekreuziget worden,
und an dem Kreuze gestorben.

Verlangen des Himmels.

Ich will gern, o Gott diese elen-
de Welt verlassen, damit ich
ewig bey dir seyn möge, der du allein
meinen unsterblichen Geist ersättigen
kannst: Ich verlange einzugehen in
dein Haus, um alldort dich ewig an-
zuschauen, zu lieben, und zu loben
mit deinen Engeln, und Auserwählten.

C

ten. Himmlischer Vater! so rufe mich denn in das himmlische Vater-land, zu welchem du mich erschaffen hast. Ewiger Sohn Gottes! führe mich in die ewige Freude, die du mir durch dein Blut und Tod verdie-net. Heiliger Geist! heilige mich mit deiner Gnade, und mache mich selig in Ewigkeit.

Anrufung Mariä.

Heilige Maria! du Mutter der Gna-den, und nach Gott meine einzige Zuflucht! stehe mir bey in allen Aeng-sten und Anfechtungen: bitt für mich armen Sünder jetzt, und in der Stunde meines Todes.

Anrufung der Heiligen Engel.

Heiliger Michael! mein Heil. Schutzengel! alle H.H. Engel, und Erzengel, verlasset mich nicht in meiner letzten Noth: schützet mich vor dem bösen Feind, und wenn meine Seele von dem Leibe wird geschieden seyn, alsdenn führet sie in das himm-lische Paradeis vor das Angesicht Gottes, damit ich selben mit euch ewig lieben und loben möge.

An-

(o)

Anrufung aller Schutzheiligen.

Heiliger Joseph, alle Heilige Gottes und auserwählte Fürsprecher! kommet mir zu Hilfe in meinem letzten Todeskampfe: schirmet mich in allen Anfechtungen, und bittet für mich, damit meine arme Seele nicht zu Schanden werde in Ewigkeit.

Gebet um einen glückseligen Tod.

Schlüßlich bitte ich dich abermals o Gott! durch die schmerzvolle Kreuzigung und Tod Jesu Christi, und sonderlich durch jene Bitterkeit, welche seine allerheiligste Seele ausgestanden hat, da sie von dem gebenedeyten Leibe abgeschieden ist; erbarme dich meiner armen Seele, wenn sie wird von diesem sterblichen Leibe abscheiden, und führe sie alsdenn in das ewige Leben, durch eben denselben Jesum Christum unsern Herrn, Amen.

Vater unser, Ave Maria. rc.

C 2   Monat

Monatliche Erinnerung der letzten Oelung

An dem Tage der monatlichen Zubereitung erinnere dich auch zur bestimmten Zeit der letzten Oelung. Erwecke ein inbrünstiges Verlangen, und bitte um die Gnade, selbige zu empfangen vor deinem Tod, damit du von deinen Sünden gänzlich gereiniget, und in der Gnade gestärket, den letzten Todeskampf glücklich vollenden mögest. Derowegen bilde dir ein, als würdest du wirklich von dem Priester mit dem heiligen Oel gesalbet. Durchgehe deine Sinnen: bey jedem bitte um Nachlassung jener Sünden, welche du damit verübet hast, durch die unendlichen Verdienste des Leidens, und Tod Christi Jesu.

Kirchengebet vor der letzten Oelung.

O Herr! der du das heilige Sacrament der letzten Oelung zur Hilfe der Kranken eingesetzet hast.

ich

ich hoffe von deiner unendlichen Güte, daß durch die Gnade des H. Geistes meine Schwachheit gestärket,
meine Wunden geheilet, und meine
Sünden mir nachgelassen werden.
Treibe ab von mir alle Schmerzen,
und verleihe mir die innerliche und
äußerliche Gesundheit, durch Jesum
Christum unsern Herrn, Amen.

Nach diesem bilde dir ein, als salbete der Priester auf dem Todbette deine Augen, und bete also:

Jesu, mein Erlöser! ich bitte dich
durch die unendlichen Verdienste
deines Leidens und Todes: verzeihe mir meine Sünden, welche
ich durch sträfliches Ansehen verübet habe. Erhöre mich, o Jesu! und erbarme dich meiner.

Bilde dir ein, als salbete der Priester
deine Ohren, und bete also:

Jesu, mein Erlöser! ich bitte dich
durch die unendlichen Verdienste
deines Leidens und Tods: verzeihe
mir meine Sünden, welche ich durch
sträfliches Anhören verübet habe.

Erhöre mich o Jesu! und erbärme
dich meiner.

Bilde dir ein, als salbete der Priester beine Nasen, und bete also:

Jesu, mein Erlöser! ich bitte
dich durch die unendliche Verdienste deines Leidens und Tods: verzeihe
mir meine Sünden, welche ich durch
sinnliche Zärtlichkeit meines Ge-
ruchs verübet habe. Erhöre mich o
Jesu! und erbarme dich meiner.

Bilde dir ein, als salbete der Priester
deinen Mund, und bete also:

Jesu, mein Erlöser! ich bitte
dich durch die unendlichen Verdienste deines Leidens und Tods:
verzeihe mir meine Sünden, mit
welchen ich dich durch meinen Mund
und Zunge beleidiget habe. Erhöre
mich, o Jesu! und erbarme dich meiner.

Bilde dir ein, als salbete der Priester
deine Hände, und bete also:

Jesu, mein Erlöser! ich bitte
dich durch die unendlichen Verdienste deines Leidens und Tods:
verzeihe mir meine Sünden, welche
ich durch unziemliches Antasten verübet

übet habe. Erhöre mich o Jesu! und erbarme dich meiner.

Bilde dir ein, als salbete der Priester deine Füße, und bete also:

Jesu, mein Erlöser! ich bitte Dich durch die unendlichen Verdienste deines Leidens und Tods: verzeihe mir alle Schritte und Tritte, welche ich zu deiner Beleidigung verrichtet habe. Erhöre mich o Jesu! und erbarme dich meiner.

Bilde dir ein, als salbete der Priester deine Lenden, und bete also:

Jesu, mein Erlöser! ich bitte Dich durch die unendlichen Verdienste deines Leiden und Tods: verzeihe mir alle sündhafte Wollüsten meines Leibs, mit welchen ich dich so öft beleidiget habe. Erhöre mich o Jesu! und erbarme dich meiner.

Kirchengebet nach der letzten Oelung.

Die Salbung des geheiligten Oeles, gelange mir o Herr! zur Reinigung meiner Seele und meines Leibs, und zum Schutze und Schirm wider alle unreine Geister: damit

ich

ich durch die Kraft und Wirkung
dieses Heil. Sakraments, die Be-
schwerlichkeiten meiner Krankheit
mit Geduld übertragen möge, und
in der Liebe gestärket, mit allen
Heiligen der unaussprechlichen Liebe
Christi Jesu, hier zeitlich und
dort ewig theilhaftig werde Amen.

Befehlung der Seele,

Bevor man schlafen gehet, mit dem Bildniße des Gekreuzigten in der Hand
zu verrichten.

HERR JESU Christe! der du
für mich am Kreuze gestorben
bist, in deine Hände befehle ich jetzt,
und für die Stunde des Tods, meine
arme Seele. Ich weiß nicht, wenn
du mich aus dieser Welt rufen wirst:
jedoch hoffe ich, du werdest mich
rufen im Stande der Gnaden.

Ich fürchte zwar wegen meinen
vielen und schweren Sünden deine
Gerechtigkeit: aber ich vertraue noch
mehr auf deine unendliche Güte und
Barmherzigkeit: Deine Wunden,
dein Blut, dein Kreuz und Tod,
sind,

sind und werden allezeit seyn mein
Trost und Zuflucht.

Ich bitte dich, o gütigster Jesu!
wenn meine Seele mit dem Tode rin-
gen, wenn sie von aller Hilfe
verlassen seyn wird, wenn sie aus
meinem Leibe ausfahren wird, alsdenn nimm sie auf in deine Hände,
und laß nicht ewig zu Grunde gehen
deinen Diener, den du mit deinem
kostbaren Blute erlöset hast, Amen.

Ich bete dich an, meinen einzigen, wahren und lebendigen Gott!
O Gott! du ewige Wahrheit! an
dich glaube ich.

O Gott! du grundlose Barmherzigkeit! auf dich hoffe ich.

O Gott du unendliches Gut! ich
liebe dich über alles.

Herr! es reuet mich meiner Sünden, aus Liebe deiner.

Barmherzigster Gott! sey gnädig
mir armen Sünder.

Herr nicht mein, sondern dein
Wille geschehe.

Liebster Jesu, ich will sterben aus
Liebe deiner, wie du gestorben bist
aus Liebe meiner.

C 5   Mei-

(o)

Meine Angst und Tod, vereinige ich mit deiner Angst und Tod o Jesu!

Jesu! deine Wunden, dein Blut, dein Kreuz und Tod, sind mein Trost und Zuflucht!

Jesu allerliebster Jesu! sey mein Jesu! und mache mich selig.

Maria! du Mutter der Gnaden verlaß mich nicht in der Stunde des Todes.

Mutter Gottes! gedenke meiner und zeige dich eine Mutter.

Heiliger Schutzengel! beschütze mich in der letzten Noth!

Jesus, Maria, Joseph, kommet zu Hülf meiner armen Seele!

Jesu! Jesu! Jesu!

Jesu! in deine Hände befehle ich meinen Geist.

Letzter Wille,

Zu einem tröstlichen Ende zu sprechen.

Im Namen Gott des Vaters, und des Sohns, und des Heiligen Geistes.

Ich armer sündiger Mensch, nicht durch meine Verdienste, sondern aus lauter Güte, und Barmherzigkeit

reit mit dem theuren Blute meines
Herrn Jesu Christi, durch die Gna=
de Gottes an Leib und Seele noch
gesund, auch bey gutem Verstande;
jedoch gewiß meines Hinscheidens
von diesem zeitlichen Leben in die
Ewigkeit, angetrieben aus Liebe
gegen den gekreuzigten Heiland,
wie auch meines selbst eigenen Heils,
habe also entschlossen, nach reifer
Erwägung, durch Kraft dieses mei=
nes letzten Willens, folgende An=
ordnung zu thun, damit, wenn
mir etwan der unausbleibliche Tod
zukommen sollte, ich bereit erfunden
werden möge, vor Gott meinen
Richter zu erscheinen.

Ich bekenne derowegen zum er=
sten öffentlich vor dem allmächtigen
Gott, daß ich leben, und sterben
wolle wie ein gehorsames Kind der
katholischen und apostolischen Kirche,
und als ein Mitglied der Bruder=
schaft unsers am Heiligen Kreuz
sterbenden Heilands Christi Jesu.
Diesen wahren katholischen Glauben,
wie auch die Andacht zu dem Leiden,
und Sterben meines Erlösers, so ich
jetzo

jetzo frey bekenne, will ich auch mit
Beystand der Gnade Gottes bis an
meinen letzten Athem ganz unverletzt
halten. Sollte es sich aber begeben
(welches doch Gott gnädigst ver-
hüten wolle) daß ich aus Anfechtung
des bösen Geistes, aus heftiger
Krankheit, oder aus Zerrüttung des
Gemüths, wider den wahren Glauben, und meinen lieben Jesum etwas
gedächte, redete, übete, welcherley Ge-
stalten sich auch dasselbige zutragen
möchte, so will ich solches jetzo,
und in alle Ewigkeit widerrufen,
für nichtig, und kraftlos gehalten
haben.

Zum zweyten: verzeihe ich von
ganzem Herzen allen meinen Feinden,
so mir jemals eine Unbild zugefüget,
um der Liebe Jesu willen, und hoffe, der gütige barmherzige Gott werde mir auch alle meine Sünden verzeihen, welche mich reuen von ganzem
Herzen, daß ich dadurch die göttliche Majestät so oft beleidiget habe.

Drittens: befehle ich in die fünf
Wunden meines liebreichesten Selig-
machers meine arme Seele, welche

er

er als ein Eigenthum mit seinem
kostbaren Blute erkaufet hat.
Bitte auch ganz demüthig, er wolle
sie, als sein Geschöpf in Barmherzigkeit aufnehmen, damit sie, wenn
sie von hier abscheidet, lebe, und
ruhe in seiner allerheiligsten Seite.
Meinen sterblichen Leib aber, weil
er von der Erde hergekommen,
befehle ich derselben wiederum in ihre
Verwahrung, so lang, bis ihn der
gnädigste Gott an dem letzten Ge-
richtstage zur allgemeinen Urständ
von seinem Staub und Schlaf zum
Heil, wie ich festiglich hoffe, wird
auferwecken. Bitte auch, und be-
gehre, theilhaftig zu werden alles
Gebets, und guter Werke, so in
der Christenheit, entweder bishero
geschehen sind, oder noch in das
Künftige geschehen werden.

Viertens: ist mein gänzlicher Wille, daß mir in meiner letzten Schwachheit nach reumüthiger, und dem
Priester geschehener vollkommener
Beicht das allerheiligste Geheimniß des göttlichen Fronleichnams zu
genießen beygebracht werde; bitte auch
deß-

deßentwegen meinen gekreuzigten Erlöser, er wolle mir diese Gnade nicht
versagen, damit meine arme kraftlose
Seele durch diese himmlische Speise
gestärket, desto herzhafter den Weg
der Ewigkeit antrete.

Fünftens: befehle ich in den Schutz
des Allerhöchsten alle meine Freun-
de, und Verwandte, welche, gleichwie ich sie in der glückseligen Ewigkeit wiederum zu sehen verhoffe, also lebe ich der tröstlichen Zuversicht, sie
werden mich mit andächtiger Hilfe,
und Gebet nicht verlassen, denen ich
auch bey dem höchsten Gott in der
Seligkeit gleiche Hilfreichung ver-
spreche und zusage.

Sechstens: nachdem ich Gott die
Seele, und der Erde den Leib übergeben, so ist nichts mehr übrig, als einige wenige Zeit von meinem Leben,
welche ich dir, O Jesu! alle zuspre-
che, und zuerkenne, auf daß ich für
das künftige nicht mir lebe, sondern
meinem gekreuzigten Heiland. O
Jesu gieb Gnade, dich bis in mein
Ende zu lieben, und zu loben,
damit das letzte Wort meines Mun-
des

des und Herzens sey dein heiligster
Name Jesus, Jesus, Jesus!

Siebentens: erwähle ich für meine Beschützerin in aller Gefahr die
Höchstgebenedeyte Mutter meines
Herrn, welche eine Zuflucht der
sündhaften Menschen ist, und befehle
mich in ihren mütterlichen Schutz
aus ganz kindlichem Vertrauen, jetzt,
und fürnehmlich in meinem letzten
Todeskampf. Meinen heiligen Schutzengel aber bestelle ich zu einem
Ausrichter meines letzten Willens,
danke ihm auch für alle seine Sorge
und Wachsamkeit, welche er gegen
mich jederzeit getragen, und hoffe,
er werde mir in meinem letzten Streit
wider den Feind beystehen, damit mein
Heil nicht etwan in Gefahr schwebe.

Schließlich bitte ich dich, o ge-
kreuzigter Jesu! du wollest dieses ge-
genwärtige Testament, welches ich
für meinen letzten, und unwiederruf-
lichen Willen erkenne und bekräftige,
annehmen, und also befestigen, damit weder Versuchung, noch einiger
Zufall mein anjetzo beständiges Vor-
haben schwäche, und umwende, viel
weni-

weniger mich von dir scheide. Indem ich alles mit meinem zeitlichen Tode zu bekräftigen bereit bin.

Glaubensbekenntniß.

Ich N. N. glaube und bekenne mit beständigem Herzen alle und jede Stücke, so im christlichen Glauben, den die Heil. Röm. Kirche auf diese Weise gebrauchet, verfasset sind, nämlich:

Ich glaube in einen Gott Vater den allmächtigen Schöpfer des Himmels und der Erde, aller sichtbaren und unsichtbaren Dinge. Und in einen Herrn Jesum Christum den eingebornen Sohn Gottes; aus dem Väter geboren von Ewigkeit, Gott von Gott, Licht vom Licht, wahren Gott vom wahren Gott, geboren und nicht erschaffen, gleicher Substanz und Wesens mit dem Vater, durch den alle Dinge erschaffen sind: welcher um uns Menschen, und unsers Heils willen vom Himmel herunter gestiegen, und eingefleischt von dem Heil. Geist aus Maria der Jungfrauen; und Mensch worden ist. Auch für uns gekreuzi-

get

get unter Pontio Pilato, gelitten
hat, und begraben worden, am
dritten Tage laut der H. Schrift
wiederum auferstanden von den Todten, ist aufgefahren in den Himmel, sitzet zur Rechten Gottes des
Vaters, und wird wiederum kommen mit Herrlichkeit zu richten die
Lebendigen und die Todten; welches Reich kein Ende haben wird:
Ich glaube auch an den H. Geist,
den lebendigmachenden Herrn, der
von dem Vater und dem Sohne ausge-
het, der mit dem Vater und dem
Sohne zugleich angebetet und geeh-
ret wird, der da geredet hat durch
die Propheten. Ich glaube auch
eine einige heilige allgemeine und apostolische Kirche. Ich bekenne eine
Tauf zur Vergebung der Sünden,
und erwarte die Auferstehung der
Abgestorbenen, und ein ewiges zu-
künftiges Leben. Amen.

Alle apostolische Satzungen samt
allen andern Ordnungen und Ge-
bräuchen der christkatholischen Kirche
nehme ich an, und halte sie festiglich. Die H. Schrift verstehe ich,

D   und

und laß sie zu in und nach dem
Verstand, welchen unsere Heil.
Mutter die katholische Kirche bis-
her gehabt und noch hat, indem
ihr zugehört den wahren Verstand
und Auslegung der Heil. Schrift
von dem falschen zu unterscheiden.

Ich will auch gemeldete Heil. Schrift
allezeit nach der einhelligen Auslegung der Heil. Väter verstehen und
annehmen und nicht anderst.

Ich glaube und bekenne, daß
wahrhaftig und eigentlich 7. Sakramente des neuen Testaments von
Christo unserem Herrn selbst ein-
gesetzt worden, und dem menschlichen
Geschlecht sehr nützlich sind, als nämlich die Tauf, Firmung, das Sakrament des Altars, die Buß, letzte
Oelung, die Priesterweihe, und
die Ehe (wiewohl nicht alle einem
jeden Menschen zur Seligkeit von-
nöthen sind) und daß durch diese
Sakramente den Menschen Gnade
mitgetheilet werde; aus welchen allen die Tauf, Firmung, und Priesterweihe ohne Gotteslästerung, und
Sünde nicht mögen wiederholet, und

zum

zum zweytenmal gebraucht werden.

Ich nehme auch an, und lasse zu
alle gewöhnliche und bewährte Ge-
bräuche, so in der christkatholischen
Kirche bey dem öffentlichen herrli-
chen Darreichen hochgemeldeter dieser
Sakramente gebraucht werden.

Desgleichen glaube ich auch alles
sämmtlich und sonderlich, was von
der Erbsünde und Rechtfertigung des
Sünders im Heil. allgemeinen Concilio zu Trient erkläret und beschlos-
sen worden ist. Ich bekenne auch
und glaube, daß in dem hochheiligen
Amt der Meße Gott dem Herrn ein
wahres, eigentliches und versöhnli-
ches Opfer für die Lebendigen und
die Todten aufgeopfert werde, daß
auch in dem allerheiligsten Sakramente des Altars wahrhaftig und
wesentlich zugegen sey der Leib und
das Blut mit der Seele und Gottheit unsers Herrn Jesu Christi,
und daß die ganze Substanz des
Brods in den Leib, und die Substanz des Weins in das Blut verwandelt werde, welche Wandlung
die christl. katholische Kirche Trans-

D 2　　　　　sub-

ſubſtantiation, das iſt: eine Ver-
wandlung einer Subſtanz in die andere, nennet.

Ich glaube auch und bekenne,
daß unter einerley Geſtalt der ganze unzertheilte Chriſtus vollkommen und das wahre Sakrament
ſeines Fronleichnams genoſſen und
empfangen werde.

Ich glaube auch feſtiglich, daß
ein Fegfeuer ſey, und daß die
chriſtgläubigen Seelen daſelbſt durch
das Fürbitten der gläubigen lebendigen Menſchen Troſt und Hilfe
empfangen. Ich glaube, daß man auch
die lieben Heiligen, ſo mit Chriſto
regieren, ehren und anrufen ſoll,
und daß ſie auch Gott für uns bitten, darzu auch, daß ihre Heilig-
thümer ſollen in Ehren gehalten
werden.

Ich halte es auch beſtändiglich
dafür, daß man die Bildniſſe Chriſti, der Mutter Gottes, und anderer lieben Heiligen haben und auf-
halten, und denenſelben gebührende
Ehre und Reverenz erzeigen ſolle.

Ich

Ich glaube auch für gewiß, daß
Chriſtus der Herr die Gewalt des
Ablaßes der Kirche gegeben habe,
auch daß deſſelben Ablaßgebrauch
den Chriſten gar heilſam ſeye.

Ich bekenne auch die heilige allgemeine und apoſtoliſche röm. Kirche für eine Mutter und Meiſterin
aller Kirchen; und verſpreche auch
und gelobe mit einem Schwur, wahren Gehorſam dem röm. Biſchof,
als des heiligen Petri oberſten Apo-
ſtels Nachkömmling, und des Herrn
Jeſu Chriſti Stadthalter. Dergleichen alle andere Stücke, von den
heiligen Canonen und allgemeinen
Concilien, fürnehmlich aber von dem
H. Tridentiniſchen Concilio aufge-
ſetzet, verordnet und beſchloſſen worden, dieſelbe bekenne und nehme ich
ungezweifelt an. Im Gegentheil aber
alle Irrthümer, Lehrſtücke und Ke-
tzereyen, ſo von gemeldter katholi-
ſchen Kirche bishero verdammet,
verworfen und verflucht ſind, oder
nachmals verdammet, verworfen
und ſollen verflucht werden, die verdamme, verwerfe und verfluche ich

D 3　　　　eben-

ebenmäßig. Diesen wahren katholischen Glauben, ausserhalb welchem
niemand selig werden kann, den ich
da in Gegenwart freywillig bekenne
und wahrhaftig halte, ich will auch
mit Hilfe Gottes bis an mein letztes Ende unwidersprechlich, unver-
wirret, und unverletzt halten, und
bekennen. (Ist er ein Oberer oder
Prälat, so setzt er hinzu: Ich will
auch, so viel mir möglich, allen Fleiß
anwenden, daß dieser rechte und
wahrhaftige Glaube von meinen Un-
terthanen, und allen denen, so mir
unter meiner Sorge befohlen, soll
gehalten, gelehret, und geprediget
werden, das verheiße, gelobe und
schwöre ich N. N. so helfe mir Gott,
und sein heiliges Evangelium.

Kurze tägliche Erinnerung des Todes.

Daß ich sterben werde, weiß ich
gewiß: aber wenn? wo? wie?
ist mir durchaus unbewußt.

Ich bin aus Erden und mein Fleisch
wird in Staub und Erden verwandelt werden.

Der

Der Seele und Geist nach bin ich
unſterblich, und werde nach abgeleg-
tem Fleiſche eingehen in das Haus
meiner Ewigkeit.

O unendliche Ewigkeit! o letzter
Augenblick meines Lebens! von wel-
chen die ewige Ewigkeit abhangt.
Tägliches Gebet um ein glückſeligen Tod.

Allmächtiger ewiger Gott! ich werfe mich nieder, vor dem Throne deiner unendlichen Majeſtät, und
bete dich demüthig an.

Du allein biſt mein Gott, und
Herr meines Lebens. Ich bin bereit
länger zu leben, aber nicht anderſt,
als daß ich mein Leben anwende zu
deiner Ehre und Dienſt.

Willſt du, daß ich noch heute ſterben ſolle, ſo will ich deiner anſichtig
werden. Ich will Sterben, damit
ich mit dir ewig lebe.

Dein heiligſter Wille, o Herr! geſchehe von mir, in mir, um mich,
und in allem, was mein iſt, ſowohl
in der Zeit, als in Ewigkeit.

Bereit iſt mein Herz, o Gott! bereit iſt mein Herz. Herr! was willſt
du, daß ich thun ſoll? Herr! was

D 4.   willſt

willſt du, daß ich leiden ſoll? Herr! was willſt du, daß mit mir geſchehe?

Ich bitte dich, o Herr! du wolleſt dieſe meine Ergebenheit in deinen Willen gnädiglich anſehen und meinen widerſpänſtigen Willen gänzlich zu dir ziehen.

Es reuet mich, und reuet mich aus ganzem Herzen, daß ich dich meinen Gott beleidiget habe: weil du unendlich gut biſt, weil du unendlich heilig, die Liebe ſelbſt, und mein Gott biſt.

Ich bitte dich, o Herr! es wolle die feurige und ſüße Gewalt deiner Liebe in meinem Gemüthe gänzlich vertilgen alles, was irdiſch iſt, auf daß ich aus Liebe deiner lebe, und auch aus Liebe deiner ſterbe, der du aus Liebe meiner dich gewürdiget haſt, als Menſch zu leben, und zu ſterben.

O Herr Jeſu Chriſte! in Anſehung jener Bitterkeit, ſo du für mich haſt ausgeſtanden, beſonders zu jener Stund, da deine edle Seele aus deinem gebenedeyten Leib iſt abgeſchieden, bitte ich dich, erbarme dich meiner armen Seele in ihrem Hinſcheiden,

den, führe sie alsdenn in das ewige
Leben. Amen.

Heiliger Michael! mein H.Schutzen-
gel! alle heilige Engel, und Erzengel! und ihr meine selige Schutzheilige N. N. schützt mich in dem letzten
Streit, auf daß ich in dem erschreckli-
chen Gericht nicht zu Grund gehe.

Sonderlich aber du, o Mutter
Gottes, und Jungfrau Maria! du
wunderbarliche Mutter, du Trö-
sterinn der Betrübten, und Königin
aller Heiligen, bitte für mich, auf
daß mein Geist ohne Makel, und
Strafe der Sünden verdiene von deinen heiligen Engeln aufgenommen,
und in das himmlische Vaterland
eingeführet zu werden, Amen.

Tägliche Meynung christlich zu sterben.

Allmächtiger ewiger Gott! dir opfere ich mein Leben, von welchem
ich selbiges empfangen habe. Ich
bin bereit, jetzt und allezeit zu sterben
nach deinem heiligsten Willen.

Ich will sterben: weil du willst,
und verordnet hast, daß ich und alle
Menschen einmal sterben sollen.

Ich

Ich will sterben: damit ich durch die Angst und Bitterkeit meines Todes möge genug thun deiner Gerechtigkeit für meine unzählbare Sünden, wegen welcher ich den Tod so oft verdienet habe.

Ich will sterben: damit ich ein Ende mache meiner Bosheit, und dich, o Gott! nicht mehr beleidige durch sündiges Leben.

Ich will sterben: zum Zeichen meiner Dankbarkeit, so ich dir schuldig bin, für so viele Gnaden und Wohlthaten, die du mir ertheilet hast.

Ich will sterben: um damit zu zeigen, daß ich deine Ehre mehr suche und liebe als mein Leben.

Ich will sterben: damit ich dich ewig anschauen, lieben und loben möge, der du bist das einzige Ziel, und End, zu welchem ich erschaffen bin.

Ich will sterben: aus Liebe deiner, weil auch du am Kreuze hast sterben wollen aus Liebe meiner.

Derowegen bitte ich dich, o Gott meines Herzens! durch den bittern
Tod

Tod Jesu Christi deines Sohns:
verleihe mir einen glückseligen Tod,
und laß meine Seele nicht verloren
gehen, welche dein Sohn mit seinem
kostbaren Blut erlöset hat, Amen:

Letztes Seufzen eines sterbenden Christen.

O mein Gott! ich bete dich an,
meinen einzigen, wahren und
lebendigen Gott!

An dich glaub ich, o ewige Wahrheit!

Auf dich hoffe ich, a allmächtiger,
getreuester und barmherzigster Gott!

Dich liebe ich über alles, o mein
einziges, mein allerhöchstes Gut!

Mein Herr, und mein Gott! o
Gott meines Herzens! mein Gott
und Alles!

Ach! wie reuet es mich meiner
Sünden, und zwar aus Liebe deiner!

Vater! ach Vater ich habe ge-
sündiget, und vor dir! dir allein o
Gott! habe ich gesündiget, und habe
Böses vor dir gethan.

Nimmermehr, o Gott! nimmermehr will ich sündigen.

Ich

Ich will gern sterben, damit ich dich, o Gott! nur nicht mehr möge beleidigen.

Barmherzigster Gott, sey gnädig mir armen Sünder.

Herr! nicht mein, sondern dein Wille geschehe.

Hier brenne, hier schneide, hier verschone nicht! verschone nur in der Ewigkeit.

Wenn du kommst zum Gericht, ich bitte, o Herr! verdamm mich nicht.

O liebster Jesu! laß mich sterben aus Liebe deiner, wie du gestorben bist aus Liebe meiner.

Meine Angst, und Tod, vereinige ich mit deiner Angst, und deinen Tod, o Jesu!

Jesu! deine Wunden, dein Blut, dein Kreuz und Tod, sind mein einziger Trost und Hoffnung.

Jesu! allerliebster Jesu! sey mein Jesus, und mache mich selig.

O Jesu! dir leb ich, o Jesu! dir sterb ich, o Jesu! dein bin ich, tod und lebendig.

O

O Jesu! ich verlange theilhaftig zu werden des vollkommenen Ablaßes in der Stunde meines Absterbens.

Mutter Gottes! gedenke meiner, und zeige dich eine Mutter.

Heiliger Schutzengel! beschütze mich in meiner letzten Noth.

Jesu! Maria! Joseph! kommt zu Hilfe meiner armen Seele.

Jesu! in deine Hände befehle ich meinen Geist.

Kurze Seufzer

vor dem letzten Lebenshauch zu erwecken.

Ich bete dich an, meinen einzigen, wahren und lebendigen Gott!

O Gott! du ewige Wahrheit! an dich glaube ich.

O Gott! du grundlose Barmherzigkeit! auf dich hoffe ich.

O Gott! du unendliches Gut! ich liebe dich über alles.

Herr!

Herr! es reuet mich meiner Sünden, aus Liebe deiner.

Barmherzigster Gott! sey gnädig mir armen Sünder.

Herr! nicht mein, sondern dein Wille geschehe.

Liebster Jesu! ich will sterben aus Liebe deiner, wie du gestorben bist aus Liebe meiner.

Meine Angst und Tod, vereinige ich mit deiner Angst und Tod, o Jesu!

Jesu! deine Wunden, dein Blut, dein Kreuz und Tod, sind mein Trost und Zuflucht!

Jesu! allerliebster Jesu! sey mein Jesus! und mache mich selig!

Maria! du Mutter der Gnaden, verlaß mich nicht in der Stunde des Todes.

Mut-